Wolfgang Herles

Die Dirigentin

Roman

Fischer

MIX
Papier aus verantwortungsvollen Quellen
FSC® C014496

Satz: Dörlemann Satz, Lemförde
Druck und Bindung: GGP Media GmbH, Pößneck
Printed in Germany
ISBN 978-3-10-033187-8

Es gibt keinen anschaulicheren Ausdruck für Macht als die Tätigkeit des Dirigenten.

Elias Canetti, *Masse und Macht*

EINS

ALBERICH Stör ich eu'r Spiel,
wenn staunend ich still hier steh?

Das Rheingold, erste Szene

Vom Mozarteum her wehen Klavierklänge über den Mirabellgarten. Stein legt den Kopf in den Nacken und blinzelt hinauf zur blassblauen Himmelsseide. Der olivgrünen Salzach blickt er nach, dann hinüber zur weißen Burg und zu den Hauben und Spitzen der vor dem Nagelfluhfels sich staffelnden Türme. Gleich gehen wieder die Glocken los, fallen vielstimmig einander ins Wort. Und die Steine sind grau, die Gassen eng.

Stein überquert den Makartsteg und spaziert durchs Gewinkel der Altstadt. Am schattigen Waagplatz stößt er auf Trakls Geburtshaus. Die Gedenkstätte ist geschlossen. *Geöffnet nur werktags zwischen elf und vierzehn Uhr, zu besichtigen nur mit Führung.* Mozart hat immer geöffnet. Sein Denkmal steht einen Steinwurf entfernt im Sonnenlicht. Mozart wie Trakl haben es in Salzburg nicht ausgehalten. *Wo kalt und böse / Ein verwesend Geschlecht wohnt.* Das menschenleere Döllerergässchen mündet in die belebte Judengasse und die in die überfüllte Getreidegasse. Touristen und Festspielbesucher. Es riecht nach Gewitter, Kaffee, Pferdemist. Unter das Schlurfen der Flipflops mischt sich das Geklapper der Stöckelschuhe. Frauen im Dirndl und Männer in dunklen Anzügen, die

Jacken noch lässig über der Schulter. Die Herausgeputzten geben das Vorspiel zum Spiel vom Sterben des reichen Mannes auf dem Domplatz.

Stein verdrückt sich in ein Kirchenschiff, ein geducktes romanisches Langhaus, dem sich ein gotischer Hallenchor anschließt. Die Madonna am Hochaltar, umhüllt von einem Kranz goldener Strahlen. Stein gefällt die Bewegung ihrer rechten Hand, es ist die Geste einer Dirigentin. Erst aus der Nähe ist zu erkennen, dass die Hand eine Traube hält. Lange sieht er sie sich an, genießt die Kühle, den Glanz.

Im Freien begegnen ihm wieder Jedermänner und Jederfrauen, jetzt in Abendkleidern und Smokings. Schon ist das Don Giovanni-Publikum auf dem Weg. Es füllt die Champagnerbars vor dem Festspielhaus. Stein aber zieht das Triangel vor, wo die Gerichte auf der Speisekarte Forelle Netrebko heißen oder Flimm-Schnittchen oder Farfalle Muti. Zwei Reihen einfacher Biergartentische, geteilt von der Wiener-Philharmoniker-Gasse. Dort ist er mit Franz verabredet.

Deine beste Freundin ist in der Stadt, sagt Franz.

Du hast sie gesehen?

Hat Franz nicht. Bloß gelesen hat er es.

Womöglich siehst du sie im Don Giovanni, sagt Franz.

Es ist nicht einmal eine Premiere, wundert sich Stein, kein roter Teppich, keine Fotografen. Sie wird doch nicht bloß der Musik wegen da sein.

Du lässt an ihr wirklich kein gutes Haar.

Warum sollte ich?

Weil es dir gutgeht, sagt Franz.

Stimmt, sagt Stein.

Auch wenn er anders als früher keine Premierenkarten mehr kriegt, weder geschenkt noch sonstwie. Mit der Böckler ist er ein einziges Mal in der Oper gewesen, in Bayreuth, in ihrem Schatten, im Dienst. Höchstens vier-, fünfmal im Jahr ist er während seiner Politikerzeit in die Oper gekommen. Mehr wäre möglich gewesen, hätte Beate Interesse gezeigt. Aber in den sommerlichen Parlamentsferien hatte sie auf Urlaub an der See bestanden, war verrückt gewesen nach der Insel, nach Dünen, die er verabscheute, die unausschaltbare Windmaschine, das kackbraune Watt, die trostlosen Horizonte, auch die Schönsaufrituale unter geducktem Reetdach. Bitte! Es ist Beates Haus gewesen. Für den Fuschlsee hätten ihm Nordsee plus Ostsee gestohlen bleiben können. Doch für Salzburg war Beate nicht zu haben gewesen. Zwei, drei Tage sind ihm immer für die Festspiele geblieben, mehr nicht. Ende August, im Schlepptau von Franz, dessen Frau und ihren vier Töchtern. Stein solo. Beate mochte weder Oper noch Franz, den sie als »deinen Paartherapeuten« schmähte. Daran war nichts. Stein hätte unter keinen Umständen vorgeschlagen, sich vor Franz über ihre Ehe auszulassen. Und Franz, den Stein seit den Jahren im Internat kannte, umging feinfühlig genug das Thema, das eigentlich nicht zu umgehen war. Das so demonstrativ Geglückte am Salzburger Familienidyll war deshalb für Stein nicht immer leicht zu ertragen gewesen. Es wirkte auf ihn wie ein unausgesprochener Tadel.

Franz musste es gespürt haben. Er belästigte ihn nicht mit Ratschlägen oder gar Ermahnungen oder besorgten Fragen nach dem Zustand seiner Ehe. Stein empfand auch dies als ein Zeichen von Freundschaft.

Nachdem dann Beate gegangen war, hatte er zwar die Insel nicht mehr betreten müssen, aber für Salzburg war nun erst recht keine Zeit mehr gewesen. Denn die Böckler hatte sich seiner bemächtigt.

Franz hatte ihn nicht gewarnt. Wie auch? Stein hätte es sich so wenig gefallen lassen wie Ratschläge in Beziehungsangelegenheiten. Offenkundig war er ja auch mit Christina Böckler eine Beziehung eingegangen. Sie war, wie sich schnell herausstellte, einseitig gewesen, hatte ihn aber total beansprucht. Stein wäre trotzdem nicht zu bremsen gewesen. Sein neues Glück hieß Erfolg. Und Erfolg war damals: Wichtigsein. Wichtigsein wiederum bedeutete: wichtig für Christina. Für die Böckler. Für die Kanzlerin.

Du bist nicht gerade gesprächig, sagt Franz.

Aber zufrieden, sagt Stein. Solange mir die Böckler nicht in die Quere kommt.

Also doch, sagt Franz. Du leckst deine Wunden!

Mag sein, dass Stein der Sturz noch immer wie Hundedreck an den Schuhen klebt. Man kratzt ihn sich aus der Profilsohle, aber der Gestank ist damit noch lange nicht weg. Der bloße Gedanke daran sticht in die Nase.

Nach der Trennung von allen Ämtern hätte er sich sofort einer Anwaltsfirma anschließen, als Lobbyist anheuern, als Rächer durch die Talkshows ziehen, sein Comeback planen oder Golfstunden nehmen können. Aber er war bei seinem Sturz auf etwas geprallt, das ihm vor langer Zeit abhandengekommen war, etwas, das sich angefühlt hatte wie er selbst. Deshalb waren das alles keine brauchbaren Alternativen gewesen. Er will sich weder gepflegt hängenlassen, noch als Märtyrer bemitleiden. Das alles hat er nicht nötig, denn er hatte sich selbst gefunden. Sein Bundestagsmandat hatte er aufgegeben, sogar seinen Wohnsitz im oberschwäbischen Wahlkreis. Abschied von Ravensburg. Die Wohnung in Berlin hatte er behalten. Er ist jetzt immer da, wo die Musik spielt. Die echte. Er kann und er will es sich leisten, den Rest seines Lebens dem Wahren und Schönen zu widmen.

An deinem Gefühlsmanagement müssen wir noch arbeiten, sagt Franz.

Was verlangst du von mir?

Mein Rat ist honorarfrei und nicht verpflichtend.

Lass gut sein, sagt Stein. Ich bin weder wehleidig, noch quäle ich mich mit meinem Schicksal. Ich führe nicht einmal Tagebuch.

Franz findet, ein Tagebuch wäre keine schlechte Idee.

Aber nur, wenn ich mein Gefühlsleben aus dem Text heraushalte.

Ach komm!, sagt Franz. Sieh es als glückliche Fügung. Hast du nicht immer beklagt, deine Lebenszeit mit Politik zu verschwenden? Schon vergessen? Was hast du nicht gejammert!

Ja, Stein hatte nach den ersten zwei Jahren im Kanzleramt zu jammern begonnen. Und Franz hatte damals ganz anders geredet als heute: Weißt du eigentlich, was du willst? Deutschland regieren oder Frieden mit dir selbst?

Franz hatte ihn in seinem Ministeramt sogar bewundert.

Stein war der Illusion erlegen, eine politische Beziehung sei leichter zu führen als eine Ehe, unabhängig von den beteiligten Personen, allein auf der Basis gemeinsamer Ziele. Er hatte tatsächlich geglaubt, praktische Politik werde von Vernunft gesteuert.

Jetzt will ich mich nur noch für das Schönste verschwenden, sagt Stein.

Sapperlot, sagt Franz, der Therapeut.

Wenn aber Stein zu etwas partout keine Lust hat, dann zu politischen Debatten mit Franz. Schon deshalb, weil es dem, bei aller Freundschaft, an professionellem Verständnis mangelt. Gewöhnliche Wähler, ob gebildet oder nicht, neigen einfach dazu, das Geschäft zu simpel zu sehen. Es gibt Küchenpsychologen, aber auch Küchenpolitologen.

Franz, der Wähler, besteht darauf, die Kanzlerin zu preisen. Du hast so von ihr geschwärmt, sagt er.

Von ihrem Instinkt für das Mögliche. Mag sein.

Von ihrem Charme. Du willst dich nur nicht erinnern.

Eine Maschine, die crushed ice ausspuckt, sagt Stein.

Der Zauber war schnell erloschen. Er musste verhext gewesen sein von ihr.

Sie ist die Mächtigste!, schwärmt der Freund. Nenn mir eine Mächtigere seit Maria Theresia!

Ach Franz.

Das ist sie, ob es dir passt oder nicht.

Willst du wissen, was Christina an meinem ersten Tag im Kanzleramt gesagt hat? Sie hat gesagt: Du bist einer von fünf, die mir immer mit der Wahrheit kommen dürfen. Sie hat das wirklich gesagt.

Von diesem Augenblick an hatte Stein gewusst, dass er ihr niemals mit der Wahrheit kommen konnte. Er hatte es nur nicht wahrhaben wollen.

Ich hätte es wissen müssen, sagt Stein.

Nicht so laut! Die Leute …

Sie hat ein harmloses Gesicht, aber Augen, kalt wie ein Nachtsichtgerät, sagt Stein. So ist sie. Genau so.

Sie hatte ihm sein Todesurteil per SMS zugestellt. Auf eine merkwürdige Art persönlich.

Du warst einer ihrer engsten Vertrauten. Und stolz darauf, erinnert ihn Franz.

Sie vertraut nicht mal sich selbst.

Aber du hast es jahrelang akzeptiert.

Jahre habe ich damit zugebracht, faule Kompromisse zu inszenieren. Die faulsten Kompromisse sind die mit mir selbst gewesen.

Ist es das, was du dir nicht verzeihen kannst?, fragt Franz. Dass du dich geirrt hast in ihr?

Ich wollte nicht wahrhaben, dass sie keinen Bedarf hat für etwas, das Richtung oder Haltung genannt werden könnte. Für dergleichen hat sie keine Verwendung. Wo sie doch sich selber hat.

Für Haltungen wird sie nicht gewählt. Die Leute mögen sie, weil sie das Volk vor Politik verschont.

Das ist wahrscheinlich tatsächlich das Geheimnis ihres Erfolgs, sagt Stein.

Ihr Geheimnis ist, dass sie keines hat, sagt Franz.

Du solltest in die Politik wechseln. Ich will nichts mehr mit ihr zu tun haben.

Beim Überqueren der Hofstallgasse läuft Stein beinahe in einen Fiaker. Im letzten Moment hält Franz ihn zurück. Stein spürt, wie er angestarrt wird, spürt die Blicke im Rücken. Er ist erkannt worden. Noch immer wird er erkannt. Wie beunruhigt wäre er erst, würde er es nicht. Spräche ihn aber jemand an, wüsste er nicht, wie er antworten sollte. Will er vermisst werden? Es wäre doch das Peinlichste. Es ist nicht einfach, ein anderer sein zu wollen.

Weshalb das Höllenspektakel am Ende? Don Giovanni ist längst gerichtet. Verblutet ist er, langsam und qualvoll. Ist von Beginn an, seit dem Duell mit dem Komtur, tödlich verwundet und lehnt sich mit all seinen Verführungskünsten gegen das Sterben auf. Sein Griff nach jedem Rock ist ein Aufstand gegen das Elend der Vernunft. Ist Notwehr. Aber die Liebe ist auch nicht stärker als der Tod. Wer das glaubt, betrügt sich selbst. Don Giovanni benutzt Frauen als Druckverband gegen das Ausbluten. Das sind Frauen: Druckverbände. Steins Gedanke: Sich verausgaben, solange noch Blut in den Adern fließt.

Dann geschieht es. Etwas in Stein steigt im Rücken nach oben, füllt den Brustraum aus. Es ist ihm, als ob die

Atmung aussetze und zugleich ein leichterer Stoff in die Lunge ströme.

Dann sind sie eben nass, die Augen. Stein wischt sich nichts verstohlen weg. Für gewöhnlich sind ihm Tränen selbst auf Beerdigungen peinlich. Gegen das aber, was die Musik mit ihm anstellt, setzt er sich nicht zur Wehr. Sie darf alles verschlingen, alles, was er mit sich in den Saal geschleppt hat, selbst die Zeit. Es geschieht, und es ist ihm gleichgültig, wie und weshalb. Er, der sonst immer genau wissen muss, was mit und in ihm geschieht, will jetzt nur noch bewegt werden. Unerklärbare Klarheit. Kontrollierteste Fassungslosigkeit. Total beherrschte Raserei.

Am Ende steht die Bewegerin auf der Bühne. Sie breitet die Arme aus, bezieht das Orchester im Graben in den Applaus ein. Sie sinkt nicht mit über der Brust gekreuzten Armen in die Knie wie Donna Elvira, wirft nicht mit Kusshändchen um sich wie Donna Anna. Sie winkt. Aber anders als die Böckler, die immer beide Arme über dem Kopf hin und her schwenkt, als wolle sie sich einem Schiff am Horizont bemerkbar machen. Diese Frau im Frack dreht nur die Hand ein paarmal rasch hin und her, auf Schulterhöhe. So entspannt steht sie da, so kühl, als habe Don Giovanni nicht alle ihre Kräfte gefordert, ihre Energie erschöpft. So kommt es Stein vor.

Die beeindruckenden Fakten aus ihrem Leben liest Stein im Programmheft nach. Maria Patricia Bensson entstammt einer schweizerisch-kanadischen Musikerfamilie, studierte Klavier und Komposition in Toronto, Dirigieren an der Juilliard-School in New York. Meisterschülerin von Jorma Panula, Preisträgerin des Mitropoulos-Wettbewerbs, Assistentin von Jonas van Bloomweghe, Kapellmeisterin in Melbourne und Oslo, Generalmusikdirektorin in Basel. Regelmäßige Gastdirigate an den Opernhäusern von München, Wien, Berlin, Zürich. Jetzt ihr Debüt in Salzburg. Das Alter wird in Programmheften leider immer verschwiegen. Stein schätzt sie auf Anfang vierzig.

Franz ist es zu dunkel gewesen. Und zu viel Wald. Von Anfang bis Ende nächtlicher Wald. Da kriege man Depressionen, und das bei Mozart!

Sie sitzen wieder im Triangel.

Franz hat an allem etwas auszusetzen. Wenn schon die Regie ein zappendusteres Melodram aus dem Don Giovanni mache, müsse die musikalische Interpretation wenigstens dazu passen. Das aber sei nicht der Fall. Die Musik zu leicht, zu vergnügt, zu rasch. Und am Schluss keine Höllenfahrt, weder im Orchester noch auf der Bühne.

Stein widerspricht. Die Genialität der Inszenierung sei ein Don Giovanni, der den Höllensturz nicht mehr nötig habe, weil der vom ersten Takt an vernichtet sei, bloß noch verröcheln müsse, ganz irdisch krepieren. Dazu brauche man keine romantischen Exzesse in der Musik, bloß erbarmungslose Brillanz.

Also crushed ice, sagt Franz.

Stein überhört es.

Mir ist das in die Knochen gefahren, sagt er.

Mir nicht, sagt Franz. Macht aber nichts.

Das ist der Unterschied zwischen uns, sagt Stein. Mir macht es schon was aus. Nichts ist mir jetzt wichtiger. Gibt es einen schöneren Beweis dafür, dass ich von der Böckler kuriert bin?

Franz schaut ihn über den Rand seiner Brille hinweg ungläubig an. Ein Therapeut glaubt nie, der Patient komme ohne ihn aus.

Musik hat mich kuriert, sagt Stein.

Aber Franz kann es nicht lassen: Er muss anmerken, die Kanzlerin sei wohl doch nicht in der Vorstellung gewesen, jedenfalls habe er sie nicht entdeckt.

Es wäre zu schön gewesen, die Böckler mit Mozarts Macht aus dem Gehirn zu löschen, wenigstens für ein paar Stunden. Auch Stein hatte zunächst nach ihr gespäht und war auf sie gefasst gewesen. Doch nach der Pause war sie vollständig aus ihm gewichen, hatte keinen Winkel mehr in ihm besetzt gehalten. Nichts anderes mehr hatte in ihm Platz gefunden als Mozarts Musik.

Aber nun muss Franz, sein Therapeut, sein Freund, die Böckler wieder in ihn hineinlassen! Auch wenn er nur findet, sie sei in Bayreuth besser aufgehoben als in Salzburg.

Dem will Stein nicht widersprechen und nichts hinzufügen. Sein Schweigen würde selbst von weniger Feinfühligen als Franz verstanden. Weil der aber zu meinen scheint, Steins haltlose Begeisterung über einen, wie er es sieht, weiß Gott mittelmäßigen Don Giovanni nicht stehenlassen zu dürfen, gönnt er ihm seinen Frieden nicht.

Franz sagt: Du dagegen, ein Bayreuth-Verächter!

Das ist nicht falsch. Franz hatte sich wirklich bemüht, ihn zu bekehren. Warum er ihn unbedingt für Wagner hatte begeistern wollen, kann Stein sich nur so erklären, dass Wagnerianer eben missionieren müssen. Desinteresse können sie nur als gegen sie persönlich zielende Borniertheit begreifen und darüber hinaus als Irrglauben, der zwar nicht unbedingt mit ewiger Verdammnis bestraft wird, aber doch mit einem Leben, das kein rechtes sein kann. Wagnerianer sind Monotheisten, die keinen anderen Gott neben oder gar über ihrem Gott zulassen wollen.

Stein dagegen zählt viele Götter auf seinem Olymp. Mozart und Bach, Beethoven, Schubert und Verdi, Händel und Haydn stehen über Wagner und andere neben ihm. Er wird niemals vor Wagner in die Knie sinken, das hat er Franz mehr als einmal versichert und dafür ein »Ach komm!« geerntet. Franz hat ihm einzureden versucht, dass die Wagner-Immunität mit seiner zunehmenden Böckler-Aversion zusammenhänge.

Zu Tristan und Isolde hatte er ihn geschleppt, ins Münchner Nationaltheater.

Erinnerst du dich an Waltraud Meier als Isolde?

Natürlich erinnert er sich.

Wenn du die Meier hörst und siehst, wird es dir anders!

Franz hatte ihn zu erotisieren versucht mit der Meier.

Stein dreht die Augen zum sanften Salzburger Sommernachthimmel. Man muss ihn nicht daran erinnern. Tatsächlich hatte ihn Wagners Musik auf eine gewisse, unerklärliche Weise erfasst, das muss er zugeben. Sie hatte ihn nicht berauscht, das zu behaupten, wäre eine Übertreibung, aber für ein paar Stunden im Nationaltheater hatte sie ihn für die übrige Welt hinreichend betäubt.

Was die Meier nicht geschafft hat, sagt Franz, wäre der Bensson womöglich gelungen, so wie du dich für sie ins Zeug legst.

Könnt ihr Seelenklempner nicht einfach akzeptieren, dass etwas ist, was es ist und nichts sonst? Musik ist Musik. Als ob das nicht genügt! Nur du bezweifelst das. Musik ist kein Ersatz für das, von dem du annimmst, es könne mir fehlen.

Ob er sich da ganz sicher sei? Ob in seinem Leben nicht doch etwas fehle? Beispielsweise eine Frau?

Ich bin eine sexfreie Zone, bin es nun mal. Schleudert Stein dem Therapeutenfreund entgegen. Diese in dessen Weltbild nicht vorkommende Erfahrung ist eine mehr als nur erträgliche, er würde so weit gehen zu sagen, eine glückliche. Dank der Musik.

Er ist wieder laut geworden. Franz dämpft die Stimme, raunt ihm besänftigend zu, wie schön es sei, wenn Musik ihm über alles andere gehe.

Aber Stein ist nicht zu beschwichtigen. Er werde weder den Jakobsweg beschreiten noch der Esoterik verfallen, noch sich in eine sonstige gesellschaftlich akzeptierte

Form der Verzweiflung stürzen. Er habe kein Keuschheitsgelübde abgelegt, aber auch nicht vor, in der ihm fälschlich unterstellten Not Bekanntschaftsanzeigen aufzugeben. Privatier, Anfang fünfzig (großzügig ausgelegt), unabhängig, gut erhalten, wünscht lebensfrohe, attraktive Frau, die seine Leidenschaft teilt: Musik, Musik, Musik.

Den Ex-Politiker ließe man besser unerwähnt.

Franz will das immer noch nicht glauben und rät Stein, seinen Fall, er sagt tatsächlich Fall, nicht geschlechtlich zu nehmen.

Ich nehme gar nichts geschlechtlich, ruft Stein.

Am Nachbartisch dreht man sich nach ihm um.

Was, bitte, soll an der Böckler geschlechtlich sein?

Er meine doch nur, sagt Franz, dass es einen Mann doppelt treffen müsse, von einer Frau gestürzt zu werden.

Blödsinn, brüllt Stein. Vollendeter Blödsinn!

Die Bensson, sagt Franz, um ihn zu besänftigen.

Er deutet auf einen Tisch jenseits der Philharmonikergasse, direkt neben dem Eingang des Lokals. Dort sitzt sie. Stein blickt sich über die Schulter hinweg nach ihr um.

Willst du dich auf meinen Platz setzen?, sagt Franz, der sich nicht umblicken muss, um sie zu sehen.

Stein starrt stumm hinüber. Er erkennt auch Donna Elvira, Leporello und den zottelbärtigen Intendanten Flimm.

Soll ich dir ein Autogramm besorgen?, spottet Franz.

Leilah, ma chérie,
da ich dich nicht erreiche, muss ich mailen. Es ist geschafft, auch die letzte der sieben Vorstellungen gelungen. Das Ensemble bester Laune. Auch wenn die Röschmann nicht alle Töne getroffen hat. (Ist womöglich über den Zenit.) Schrott wird nie nur mit seiner Stimme glänzen. Freu mich über die junge Prohaska. Die hat es in sich. Ihre Salzburger Zerlina ist der Durchbruch. Bin selbst genug gelobt worden (wenn auch nicht von allen Kritikern). Wie auch immer: Die Lorbeeren sind niemals weich genug, um darauf ruhig zu schlafen. Nächste Woche warten in München schon die Radiosymphoniker. Proben, zwei Konzerte, dann das Gastspiel an der Seine. Das nächste Hochgebirge türmt sich auf. Und wieder ohne dich? (Sag, dass es nicht wahr ist!) Es wäre doch nur für 1 Abend. George wird für dich sorgen, als wärst du das kostbarste Pferd in seinem Stall. (Sweetheart, wärst du wenigstens ein bisschen eifersüchtig.) George hat mir übrigens gerade einen seiner Bewunderungssätze gemailt, einen seiner Verklärungssätze, die mit einer mahnenden Wendung enden. Damit ich nur ja nicht abhebe. Und damit ich mich an seine Unverzichtbarkeit erinnere. Habe ihn durchschaut. Seine Methode besteht darin, mich gleichzeitig anzubeten und zu verunsichern. (Was ihm nicht gelingt. Weiß, wo ich stehe, was ich kann und was mir noch fehlt.) Für George also bin ich heute ein »Empfindungsgenie« (frag nicht, woher er den Ausdruck hat), jedoch gefährdet und ohne ihn verloren.
Genug. Du hast mir so gutgetan, solange du da warst!
MP

Stein hält den Stab auf der Kuppe des linken Zeigefingers horizontal in der Waage, das Gewicht ist kaum zu spüren. Am Schwerpunkt, dort, wo der tropfenförmige Griff aus Kork ansetzt, verrät ein winziges Etikett, dass das Stöckchen nicht wie üblich aus Holz gefertigt ist, sondern aus Karbon, ein japanisches Fabrikat, mit 380 Millimetern von mittlerer Länge.

Zum Dirigieren hält Stein den Stab zum ersten Mal in der Hand. Das ist jetzt ein ganz anderer Don Giovanni als der im Festspielhaus. Dort begann die Ouvertüre mit zwei wilden Donnerschlägen, denen ein Echo aus tiefstem Höllenschlund nachhallte. Jetzt ist es eher ein unheimliches Beben. Zwei lang anhaltende Erdstöße kündigen das jüngste Gericht an. Den schnellen Teil nimmt Stein nicht berstend vor Lebenslust, sondern eher schwer keuchend. Durchaus furios, doch tragen die Furien schwere Panzer. Steins Rechte stößt den Taktstock gegen den Himmel, als wolle er Blitze herabbefehlen. Zum Marschallstab wird das Stöckchen, geradezu triumphal geraten die Gesten und Stein ins Schwitzen. Wie ein richtiger Dirigent sieht aus, was sich vor der Dunkelheit der Nacht im Fenster spiegelt. Die Rechte ist für den Impuls zuständig, die Linke formt und phrasiert. Selbstverständlich schlägt Stein dem Orchester nicht hinterher, sondern wie ein echter Maestro voraus. Der Stab, der auf dem CD-Cover des Live-Mitschnitts aus der Met von 1942 Bruno Walter aus der Faust ragt, ist länger und dicker als Steins Stäbchen. Er besitzt auch die Einspielungen von Nikolaus Harnoncourt und René Jacobs, aber beide dirigieren mit bloßen Händen.

Auf die Idee, ihm einen Taktstock zu schenken, ist die Böckler bestimmt selbst gekommen, das musste ihr niemand einflüstern. Endlich dürfe er nach Herzenslust herumdirigieren, hatte sie gesagt. Die Erinnerung an den schmählichen Abschied fährt in die herrliche Musik und macht sie mit einem Mal unerträglich. Stein schleudert den Stab gegen die Wand. Unzerbrechlich wie Böcklers Humor auf Kosten anderer, fällt er zu Boden. Stein stoppt die CD, schaltet das Gerät aus, hebt den Stab auf und schiebt ihn zurück in die transparente Plastikhülse. Wen auch immer die Kanzlerin mit der Besorgung beauftragt hat, er vergaß das Preisschild zu entfernen. Dreiundsechzig Euro fünfzig hat sie sich den Spaß kosten lassen. Beziehungsweise die Staatskasse.

Seinen nach wie vor besonderen Beziehungen zur Lufthansa ist es zu danken, dass Stein einen Platz im Flugzeug bekommen hat, obwohl schon ein halbes Symphonieorchester eingebucht ist. Die andere Hälfte fliegt mit der nächsten Maschine. Instrumente, die nicht größer sind als eine Bratsche, gehen als Handgepäck mit. Bässe, Posaunen, Pauken, Fräcke werden über Nacht im Lastwagen transportiert. Das erzählt ihm eine gesprächige Geigerin am Gate.

LH 4244 ab München 10 Uhr 45. Das Einsteigen ist schon im Gang, als Maria Bensson erscheint. Auf Stein wirkt sie schmächtiger als in Salzburg auf der Bühne. Sie trägt eine grüne Barbourjacke, cognacbraune Stiefel, Jeans. Wer würde in dieser noch immer jungen Frau eine Weltklassedirigentin vermuten? Sie ist ungeschminkt, die Haare sind zum Pferdeschwanz gebunden. Ein stabiles Lächeln scheint ihrem Gesicht eingeschrieben. Wenn sie die Hände ihrer Musiker schüttelt, bekommt es für Sekundenbruchteile etwas Raubtierhaftes.

Als einziges Orchestermitglied nimmt sie in der Business Class Platz. Das hat Stein erwartet. Sie: 1F. Er: 2C. Trotz der Nähe kann er sie nicht beobachten. Kaum sind sie in der Luft, geht er in den Waschraum, damit er sie auf dem Rückweg sehen darf. Sie ist in eine Partitur vertieft. Am blauen Jeanshemd sind die beiden oberen Knöpfe geöffnet. Sie bestellt Cola. Er bestellt Cola.

Am Flughafen wird sie von einem Mann im dunkelblauen Anzug begrüßt, der sie auf die Wangen küsst. Stein zählt drei Küsse, wohl die übliche französische Dosis. Der Mann will ihr die Tasche abnehmen, was sie ablehnt. Für die übrigen Musiker stehen Busse bereit, die sie ins Hotel bringen, weiß Stein von der Geigerin.

Er erreicht es im Taxi. Das Concorde Lafayette ist ein riesiges, hässliches Betonmonster. Am Empfang erkundigt er sich, ob Frau Bensson schon eingetroffen sei. Man sagt ihm, ein Gast dieses Namens sei nicht registriert. Damit hat er gerechnet. Dirigenten ihres Kalibers steigen in gediegeneren Häusern ab, im Plaza Athénée in der Avenue Montaigne vielleicht, weil das nur ein paar Meter vom Théâtre des Champs-Elysées entfernt liegt.

Dorthin lässt Stein sich bringen, wagt aber nicht, noch einmal nach der Bensson zu fragen. Im Bistro des Hotels, in dem auch der legendäre Ducasse sein Restaurant betreibt, nimmt er ein Stück Quiche Lorraine und ein Bier zu sich und entschließt sich zu einem ausgedehnten Spaziergang hinunter zur Seine. Er folgt ihrem Lauf, überquert die nächste, die übernächste und eine weitere Brücke, bis die Dämmerung hereinbricht. Dann bringt ihn ein Taxi zum Konzerthaus.

Ein Glas Champagner steigert die Vorfreude. Er hat einen schönen Platz auf dem Balkon in der Mitte der zweiten Reihe. Festlichstes, nobelstes Rot. Der Saal ist nicht wie üblich mit Klappsitzen ausgestattet, sondern mit einzelnen Sesseln, vergoldete Art-déco-Ornamente schmücken die Armlehnen. Im Programmheft ist von dem wilden Tumult zu lesen, den Strawinskys Sacre du Printemps hier bei der Uraufführung ausgelöst hat. Dass er sich an einem Ort von historischer Bedeutung befindet, stimmt Stein noch höher. Allenfalls irritiert ihn, dass das Konzert nicht ganz ausverkauft ist. Verwöhntes Paris!

Maria Bensson stürmt auf die Bühne und wartet gar nicht erst ab, bis der Beifall verebbt. Ihr schulterlanges, messingblondes Haar ist nun geföhnt und will immer wieder mit Schwung aus dem Gesicht geworfen werden. Stein würde sich wünschen, es sehen zu können, ihre fordernden, anfeuernden, inspirierenden Blicke. Gottlob ist er kein Kritiker, der sofort entscheiden muss, wie sehr ihm das gefallen darf, was er da hört; ob sie den Geist von Haydns letzter, der Londoner Symphonie, trifft oder nicht. Es ist keine Frage, die ihn bewegen muss. Er darf auf einfache Weise hingerissen sein. Der Beifall ist lebhaft.

Das zweite Glas Champagner, in der Pause getrunken, mag es begünstigen, dass Bruckners Siebte Stein nun mit unerklärbarer Macht erfasst. Er weiß natürlich, was im Verlauf des zweiten Satzes geschieht. Bruckner trifft die Nachricht vom Tod Richard Wagners, seines irdischen Gottes. Bruckners Entsetzen ist zu hören. Fahle, klamme Klänge, als schnüre es einem den Hals zu. Danach eine Steilwand aus tönendem Erz, ein Massiv himmelhoch sich türmender Akkorde. Der Gipfel ist ein Beckenschlag, der einzige der ganzen Symphonie. Die ganz großen, altgold leuchtenden Tschinellen strahlen den Ton ab wie Sonnen ihr Licht. Im Magen ein Gefühl wie beim freien Fall.

Mit dem letzten Ton steht Maria Bensson leicht nach vorn gebeugt vor den Symphonikern. Sie hält die Spannung, kostet die lautlose Ergriffenheit aus, ehe sie den Stab sinken lässt und der Saal toben darf. Was sie jetzt spürt? Erschöpfung? Erleichterung? Dankbarkeit? Glück?

Kaum ist der Beifall verklungen, zieht Stein es zu der Tür, die vom Wandelgang hinter die Bühne führt. Er schließt sich vier älteren, im übrigen deutsch sprechenden Damen an, die den Weg über die schwach beleuchtete Hinterbühne zu kennen scheinen, die Treppe hinauf finden, zu jenem Flur, an dessen Ende das Dirigentenzimmer nicht zu verfehlen ist. Denn Maria Bensons Bewunderer haben sich dort schon aufgereiht. Musiker im Frack sind darunter, den Konzertmeister erkennt Stein, auch den Mann, der die Dirigentin am Flughafen so herzlich geküsst hat. Sie steht in der offenen Tür, erwidert Umarmungen, quittiert Lobpreisungen mit tigerhaft aufblitzendem Lächeln. Die älteren Damen sind vor Stein an der Reihe. Er verwirft den Gedanken, sich ihr vorzustellen. Politikern fällt es gemeinhin leicht, Stein jedoch ist beklommen, ja sprachlos. Erst streckt er ihr nur die Hand entgegen, dann aber, da alle vor ihm es getan haben, wagt auch er, sich mit gespitzten Lippen zu nähern, ihrem vom Schweiß strähnigen Haar, dem Duft ihres Parfüms: Gras, Leder, Bitterorange.

Was für ein hinreißender Abend!

Mehr will ihm nicht einfallen, und sie, die so stark Verehrte, scheint es nicht zu registrieren, dass ihr gerade ein Unbekannter nahe gekommen ist.

Zwischen ehrfürchtig fröhlichen Jüngern, zwischen Stutzflügel, Sitzgruppe, Schreibtisch im Dirigentenzimmer fällt Stein nicht weiter auf. Er könnte so lange stehen bleiben, bis er ganz allein wäre mit ihr. Oder sich der aufgekratzt heiteren Gesellschaft anschließen, in einem dem Anlass gewiss angemessenen Lokal landen. Doch zieht er sich so unauffällig zurück, wie er im Schatten der älteren Damen aufgetaucht ist.

Leilah, ma chérie,
hätte ich dich am Telefon, würde ich lauthals singen! »La quadrature du cercle« titelt nicht irgendein Blättchen, sondern Le Figaro! He, wie findest du das! Wie stolz bist du jetzt auf mich! Kann es selber kaum fassen. Könnte es nicht treffender

formulieren; so, genau so stelle ich mir diese Musik vor: »Un Bruckner plus terrien que céleste, plus concret que spirituel …« Entweder bin ich genial oder der Kritiker, dem so etwas einfällt. Was meinst du? (Habe Jonas sofort eine Kopie der Figarokritik nach NYC gefaxt.) Sogar George, der Kritiker generell für taub oder bösartig hält, ist ernsthaft beeindruckt. So einen Satz hätte nicht mal er gefunden. Noch ein paar Konzerte dieser Qualität, meint er, und ich sei auf dem französischen Markt durchgesetzt. Nur auf dem französischen? Manchmal nimmt George mir jeden Enthusiasmus. Kann es auch diesmal nicht lassen, die »trockene Erde« (seine Worte) der Realität zu erwähnen. Hat nämlich den Vertrag mit Universal noch immer nicht zustande gebracht. Verstehe das nicht. Auch wenn der Markt schwieriger geworden ist. Es ist sein verdammter Job, sich zu kümmern. Bekäme ich heute ein Angebot von Rem Jol, würde ich nachdenken. Anna bereut den Wechsel nicht, erzählt nur Gutes. Weiß auch, dass vom Privatleben nicht mehr viel übrig bleibt, wenn Rem die Regie übernimmt. In seinem Stall wäre ich eine Marke. Für George dagegen ganz Künstlerin, die er vor der Welt retten zu müssen glaubt. Für Rem wäre ich Kapital. Der gute George bewundert mich wirklich. Besorgt die opulentesten Blumensträuße, liest mir alle gewöhnlichen Wünsche von den Augen ab. Aber was ist mit dem Ungewöhnlichen? Eine Frau wie mich am Pult gibt es doch nicht im Dutzend billiger! Solche Dinge gehen einem nach diesem Triumph natürlich durch den Kopf.
Sag: Wie war dein Gespräch? Hast du angebissen? Du solltest es dir dreimal überlegen, ob du den Hedgefonds aufgibst und bei Julius Bär in den goldenen Käfig schlüpfst. Wir könnten

uns dann öfter sehen, sagst du? Du musst es selber wissen. Ich würde immer den aufregenderen Job wählen.
Du glaubst nicht, wie sehr ich dich vermisse, gerade in solchen Momenten. Bin jetzt schon wieder in Wien und kann es kaum erwarten, dich zu umarmen.
Küsse
MP

Als Stein aufwacht und nicht sofort weiß, wo und wann, nimmt er es als Zeichen seiner Genesung. Jahrzehntelang hatten ihn Wecker aus dem Schlaf geklingelt, selbst an Wochenenden. Er hatte dann immer gleich gewusst, was der Reihe nach zu tun sein würde. Und zugleich den Wunsch verspürt, es läge doch schon hinter ihm.

Jetzt sind die wenigen Sekunden, die es dauert, bis Raum und Zeit auf dem Rechner seines Gehirns hochgefahren sind, Augenblicke reinsten Seins. Stein geniest die Opulenz des Bettes. Kingsize. Platz für zwei. Die Ankunft im neuen Tag teilen zu können, wäre Vollkommenheit. Doch der Mangel entzaubert den Augenblick nicht ganz. Denn etwas klingt in ihm nach. *Ah! Non credea mirarti si presto estinto, o fiore.* Das ist noch lebendig in ihm, es hat ihn behütet die ganze Nacht.

Wien, La Sonnambula. Er saß leider zwischen zwei Männern, von mindestens zehn, zwölf Jahren und ebenso vielen Kilo mehr in den Sitz gedrückt als er, die von beiden Seiten seine Armlehnen beanspruchten. Stein mochte sie nicht riechen, atmete flach. Aus ihren geschlossenen

Mündern konnte das Gemuffel nicht kommen, also aus den Poren, den Kleidern, den Haaren. Schlecht gereinigte alte Männer, faulendes Fleisch in Kammgarnanzügen.

Aber die andere Erinnerung ist stärker: Die Netrebko im bodenlangen roten Samt vor dem gewaltigen Vorhang in exakt demselben Rot funkelnden Burgunders.

Ein Blick auf die Uhr. Wie lange schläft Maria Bensson nach ihrem Triumph? Wie ausgiebig hat sie ihn gefeiert? Oder geht, wer hundert Abende im Jahr dirigiert, anschließend nach Hause wie ein Chirurg, ein Polizist, ein Minister? Ausgelaugt, unfähig, abzuschalten, begierig nach nichts als Ruhe? Stürzt sie aus der Großartigkeit der Kunst ab in die Gewöhnlichkeit des Alltags? Was ist überhaupt Alltag für eine Dirigentin?

Stein kann nicht ausschließen, dass er Maria Benssons Leben idealisiert. Er will es. Will den Kontrast zu sich in schönsten Farben malen. Was ist ein Staatsministerleben gegen ein Staatsoperndirigentenleben? Aber er verflucht sein Schicksal nicht, hat es ja gerade noch rechtzeitig gewendet.

Stein ist der Gedanke nicht fremd, Maria Bensson könne in ihrem Staatsoperndirigentenbett Besseres zu tun haben, als neben einer Leerstelle aufzuwachen. Spielfrei hat sie heute, wie er weiß. Er hat gehofft, herauszubekommen, wo sie wohnt, im Sacher sich erkundigt, im Imperial, im Palais Schwarzenberg, im Grand Hotel, wo er selbst abgestiegen ist, direkt bei der Staatsoper, hat am Telefon sich jedes Mal mit »Deutsche Botschaft« gemeldet, gleichwohl keine Auskunft bekommen. Ob sie eine eigene Wohnung besitzt in einem gelben Barockpalais? Eine Serie von vier Vorstellungen dirigiert Maria Bensson im Abstand von jeweils drei Tagen, muss also noch in der Stadt sein.

Nach dem Frühstück streift Stein durch die Gassen. In einer Auslage sieht er ein goldenes Nachthemd. Nichts Verwegenes. Es hat lange Ärmel und einen Kragen. Und das Gold von Marias Haaren mit dem leichten Messington. Er sieht sie darin vor dem Spiegel, wie sie ihre Gesten verfeinert für Wagners Tod in Bruckners Siebter.

Mit der Palmers-Tüte in der Hand überquert Stein den Heldenplatz, dann den Ring, landet am Maria-Theresien-Platz im Kunsthistorischen Museum in der Tizian-Ausstellung. Die Glätte des frühen, die Fleckigkeit des späten Stils. Stein liest etwas darüber, bis ihm auffällt, dass er damit mehr Zeit verbringt als mit dem Betrachten der Gemälde. Am liebsten würde er die Leinwände mit den Lippen berühren, diese ungeheure Haut. Die darauf schläfrig hingestreckten Schönen kennt man, ihre Haut jedoch ist nur im Original erlebbar, die transparente Schichtung aus Ober- und Untertönen. Mit der Malerei ist es nicht viel anders als mit der Musik. Stein legt nur noch selten CDs auf, seit er so häufig ins Konzert und in die Oper geht.

Er schickt Franz eine Ansichtskartenvenus. Und wie er prahlt: Ein Wochenende in Wien mit drei Frauen. Die vorn drauf, ist nur die eine. Anna Netrebko die zweite. Von der dritten erzähle ich dir bei nächster Gelegenheit. Du wirst es nicht glauben.

Gelegentlich war Stein zu Tagungen der Europäischen Volksparteien und von EU-Gremien in Wien. Diesmal aber sieht er die Stadt mit anderen Augen. Der größte Unterschied ist, dass er jetzt Zeit hat. Den Rückweg nimmt er durch den Hofgarten. Vor dem Mozartdenkmal blödelt eine Busladung halbwüchsiger Japaner ein Gruppenbild hin. Stein passiert die Albertina, folgt der Augustinerstraße, setzt sich für ein paar Minuten in die Augustinerkirche. Als er aus dem Dunkel wieder ins Helle tritt, verlässt Maria gerade die Nationalbibliothek nebenan.

Ihre Absätze klackern munter übers Kopfsteinpflaster. Reitschulgasse, Michaelerplatz, Kohlmarkt, über den Graben in die Tuchlauben, dann links in die Milchgasse. Stein kommt sich vor wie ein Schlapphut; er hält sicheren Abstand. Maria gehört nicht zu der Sorte Frauen, die von Auslage zu Auslage mäandern. Es sieht so aus, als habe sie ein Ziel, und noch einmal zwei Ecken weiter ist es erreicht. WEIN & CO, eine weiträumige Bar in der Jasomirgottstraße, schon am späten Vormittag gut besucht. Durch die Scheibe ist Maria nicht zu sehen. Stein entdeckt, dass zur Bar auch ein Weingeschäft gehört, das wie ein Supermarkt aussieht. Maria hat einen Einkaufskorb in der Hand.

Die Situation ist ein Geschenk für Stein. Er tut so, als falle es ihm schwer, sich zwischen einem Riesling Heiligenstein von Bründlmayer und einem Riesling Privat von Nigl zu entscheiden, nimmt beide Flaschen prüfend in die Hand. Den Weinen aus der Wachau gilt auch ihr Interesse. Schön wäre es, wenn Maria unaufgefordert ihren Rat anböte. Sie tut es nicht. Also muss Stein etwas tun.

La Sonnambula gestern Abend. Hinreißend ist noch untertrieben! Sie sind doch Maria Bensson?

Sie sieht kurz auf von einem Riesling Smaragd Ried Kellerberg von Knoll, lächelt und widmet sich schon wieder dem goldgelben Etikett mit dem Abbild eines barocken Heiligen in Himmelfahrtspose. Stein nennt seinen Namen und auch noch den Ministertitel, den verlorengegangenen. Dass er verloren ist, unterschlägt er.

Dann habe er gewiss einen wichtigeren Grund, nach Wien zu reisen als bloß die Oper, sagt Maria.

Nicht einmal eine Privataudienz beim Kaiser könne wichtiger sein, als mit ihr einen großen Braunen zu trinken.

Sie scheint die Maßlosigkeit von Komplimenten gewöhnt und nickt. Beide bezahlen sie ihren Wein an der Kasse und stellen sich an die lange Bar.

Aber wiedererkannt haben Sie mich nicht, sagt Stein.

Ihr fragender Blick.

Paris, nach dem Konzert. Im Dirigentenzimmer.

Ja?

Jetzt fragen Sie sich, was ich da zu suchen hatte?

Was hatten Sie da zu suchen?

Ich reihte mich unter Ihre Bewunderer ein.

Sie zeigt ihr Tigerlächeln. Sieht aus, als wollten Sie mich verfolgen, Herr Minister.

Hätte nichts Besseres zu tun. Aber bitte: Nicht »Herr Minister«.

Wo sie denn lebe, fragt Stein.

Hier und da.

Ob und wie sehr eine dirigierende Frau tatsächlich von den Wiener Philharmonikern akzeptiert werde?

Er habe es doch erlebt.

Wie sie hundert Musiker dazu bringe, nicht bloß die gleichen Noten zu spielen, sondern auch noch mit haargenau demselben Ausdruck?

Es müssten nur alle aufeinander hören.

Das ist die einzige Art von Unterwerfung, sagt Stein, die ich mir vorstellen kann. Unter die Macht der Musik.

Sie lacht. Er redet wie ein Politiker.

Ob er auch mit einem Produzenten über die Macht der Musik so reden würde, fragt sie ihn. Der würde wohl an seinem Verstand zweifeln. Die Macht der Musik! Sonst noch was?

Ihr Interesse an seinen Fragen ist schnell verflogen.

Hat mich gefreut, Herr Minister.

Wie leicht betäubt und zugleich erfrischt wandelt Stein allein weiter durch die Stadt. Das goldene Nachthemd trägt er noch immer mit sich herum.

Leilah, ma chérie,

Wien ist entsetzlich – ohne dich. Nur 2 Tage (Nächte) warst du bei mir! Weil das nicht reicht, trinke ich (den Riesling aus der Wachau, den du so magst). Wo genau steckst du? Doha? Abu Dhabi? Aalst dich am Pool (und hast dein Cell Phone wieder auf dem Zimmer liegen gelassen). By the way: Lorin hat

für Katar ein Orchester zusammenengagiert. Kannst du herausfinden, was er dafür nimmt? Womöglich ruiniert er damit seinen Ruf. Wie ich ihn kenne, pfeift er drauf. Unter uns: Täte es an seiner Stelle auch. Bekäme ich Lorins Gagen, könntest du mein Vermögen verwalten, Sweetheart. Besser nicht. Erstens soll man die Dinge sauber auseinanderhalten, zweitens keinem professionellen Zocker mehr über den Weg trauen. Also, was tun mit dem Goldschatz? Leider ist es bloß das Rheingold. Hätten die Nibelungen es einer anständigen Schweizer Bank anvertraut (die gab's ja mal) statt den Fluten des Rheins und seinen liederlichen Töchtern, wäre ihnen und mir allerhand erspart geblieben. Die ganze Story kreist (falls es dich interessiert) um eine Erkenntnis: »Nur wer der Liebe Lust verjagt, nur der erzielt sich den Zauber, zum Reif zu zwingen das Gold.« Möchtest du das näher erläutert haben? Vielleicht, wenn wir uns das nächste Mal sehen. Sehr vereinfacht: Entweder hast du Spaß mit Geld oder mit Sex. Darin eine Alternative zu sehen, ist natürlich romantischer Quatsch. Der alberne Alberich (eine Kreuzung aus Mafiaboss und Giftzwerg) verflucht die Liebe, um die Macht zu ergreifen (wofür er das Gold braucht). Wäre das ein Naturgesetz, wäre Liebe nur ein anderes Wort für Machtlosigkeit. Denke, das Gegenteil stimmt: Liebe ist von bezwingender Kraft. Ohne Liebe gibt's gar nichts auf der Welt.
Es ist harte Arbeit (das Rheingold). Deshalb wärst du jetzt gar nicht so glücklich mit mir. Schob den Brocken zu lange vor mir her, jetzt läuft die Zeit davon. Hatte dummerweise nie Gelegenheit, mit Jonas den ganzen Ring zu studieren. Sitze am Klavier mit der Partitur und dem Klavierauszug von Peters

(mit den auf Wagner selbst zurückgehenden Anweisungen) – nein, ich wäre jetzt nichts für dich. Kann dich das trösten?
Küsse.
MP

Stein frühstückt spät im Sprüngli am Paradeplatz. Das bestsituierte Unglück der Welt, hier ist es zu betrachten. Nicht die geringste Verelendung, nur gewöhnliche Gebrechen. Alter, Erbschaftskriege, zerstörte Familienbande sind keine hinreichenden Gründe, sich nachlässig zu kleiden. Die jüngeren Frauen, die an den nächsten Tischen Steins Aufmerksamkeit nicht entgehen, haben ihre Sinnlichkeit im Griff. Alles ist von gediegener Appetitlichkeit. Die Kellnerinnen könnten Lehrerinnen sein oder Oberschwestern, reiferen Alters allesamt. Zuger Kirschtorte bestellt Stein und nimmt danach von der Ladentheke im Erdgeschoss noch eine Tüte pastellfarbener Luxemburgerli als Wegzehrung mit.

Auf dem Weg zu seinen Lieblingsecken dieser Stadt überquert er die Limmat. An den Auslagen des Kolonialwarenhandels Schwarzenberg in der Münstergasse drückt er sich die Nase buchstäblich platt. Getrocknete wilde Feigen aus dem Iran, zwölferlei Reis, Hülsenfrüchte in so gut wie allen Farben, die komplett kandierten Tropen. Das Geschäft liebt er. Keine Stadt auf der Welt ist weiter entfernt von Berlin als Zürich.

In der Spiegelgasse findet er die zwei Gedenktafeln wieder. Dort starb Büchner, hier, im Nachbarhaus, bereitete Lenin die Machtübernahme in Sankt Petersburg vor und kämpfte gegen seine von den Ausdünstungen der Wurstküche nebenan verursachte Übelkeit. Exklusive Strickwaren mit folkloristischen Anklängen bietet man in dem ehemaligen Metzgerladen heute an. Das Deckengemälde zeigt immer noch Kalbsköpfe und dicke Kinder. Hinunter zum See und zur Oper.

Am Bühneneingang in der Falkenstraße wartet er auf Maria. Sie fährt im Taxi vor, entdeckt ihn gleich beim Aussteigen, signalisiert es mit heiter winkender Hand.

Das ist aber eine Überraschung, sagt sie.

Darauf Stein: Er habe es eben nicht länger ausgehalten ohne sie.

Allenfalls für eine Tasse Kaffee habe sie Zeit. Nach der Vorstellung.

Mehr hat er nicht hoffen dürfen.

Es ist eine Nachmittagsvorstellung, Beginn vierzehn Uhr, aber keineswegs eine preiswerte Familienvorstellung, schließlich singt Jonas Kaufmann, der von New York bis Tokio angehimmelt wird. Das Ticket in der ersten Reihe hat Stein sich besorgt, weil er sie endlich aus nächster Nähe dirigieren sehen will. Er nimmt in Kauf, dass auf seiner Seite das Blech etwas zu dominant aus dem Graben dröhnt. Dafür hat er sie nicht von hinten, sondern fast schon im Profil vor Augen. Allerdings sitzt er auf der rechten Seite, ein seiner Unerfahrenheit geschuldeter Fehler, weil Maria sich viel häufiger den ersten Geigen auf der linken Seite zuwendet als den mittleren Streichern zur Rechten, also auch ihm. Dennoch gestattet ihm diese Perspektive freien Blick auf Bewegungen von natürlicher Anmut. Sie malt ja keine Locken in die Luft wie andere Stabführer, die Stein gesehen hat, ja, es erscheint ihm geradezu, als sei ihre Art zu dirigieren ein Sachlichkeitsexzess. Trotzdem stürzt sie Stein damit in schönste Verwirrung. Wie sollte er auch nicht berührt sein von der Strahlkraft dieser Frau? Ach, könnte sie das Glück in seinem Unglück sein!

In der Pause steht Stein auf dem Balkon, blickt hinunter auf den See. Der ist grün und grau und trägt Schaumkronen. Es dämmert früh. La Bohème ist keine Geschichte, in der viel geschieht. Eine armselige Liebe, ein trauriges Ende.

Von seinem Platz sind es nur ein paar Schritte hinter die Bühne. Kaum ist der Beifall verklungen, sind die Musiker schon in ihren Mänteln. Schichtwechsel in einem Produktionsbetrieb für große Gefühle. In drei Stunden bereits wird sich der Vorhang für den Troubadour heben.

Maria erwartet Stein in der Kantine. Sie erklärt ihm das Zürcher Modell. Das Haus sei kleiner als das kleinste der drei Häuser in Berlin, das kleinste der internationalen Spitzenklasse, mit dem größten Aufwand. Dennoch komme es mit dem geringsten Anteil öffentlicher Gelder aus.

Ob sie meint, wenigstens von solchen Dingen habe ein Politiker Ahnung? Jedenfalls kann er an dieser Stelle etwas zum Gespräch beitragen. In seiner famosen Hauptstadt nämlich spielen die Opernhäuser nur dreimal in der Woche, weil Nichtspielen Kosten spart. Aber die Karten seien viel billiger als in Zürich. Berliner Logik.

Da sind mir meine Schweizer lieber, sagt sie.

Er schiebt ein Tablett an der Kantinentheke vorbei. Sie nimmt nur Kaffee, er sich noch einmal ein Stück Zuger Kirschtorte dazu. Die Kantinentorte schmeckt genauso gut wie im Sprüngli. Auf Zuckerbäckerei versteht man sich hier überall. Auch die Bohème ist nichts anderes als ein gewaltiges Stück Buttercremetorte.

Maria ist immer noch am Erklären. Die Oper Zürich werbe mehr Sponsorengelder ein als jede andere Bühne, dafür dürfe der Intendant zehn Prozent der akquirierten Gelder als Provision behalten. So funktioniere das.

Darauf Stein: Das wäre bei uns ein Skandal. Missgunst und Neid würden den Mann erschlagen.

Damit macht er aber keinen Punkt mehr bei ihr.

Ich mag Berlin, stellt sie fest. Ich werde dort demnächst einige Wochen verbringen. Das Rheingold an der Lindenoper. Mein erster Ring.

Es klingt wie: Mein erstes Auto, mein erster Mann, mein erstes Kind.

Ihr Tigerlächeln.

Stein gratuliert und fühlt sich ermuntert, neugierig zu fragen.

Was die Familie sage, wenn Sie so lange unterwegs sei.

Keine Familie, sagt sie.

Also ein Leben für die Kunst!

Ein Ton, der ironisch gemeint ist, ihm aber pathetisch gerät. Sie hört es sofort.

Fragen Sie auch einen Unternehmensberater, ob er das Leben seinen Strategien weiht?

Das tut der doch, sagt Stein.

Sie lacht.

Stein, jetzt ganz kühn: Was muss man von der Liebe verstehen, um die Bohème zu dirigieren?

Bühnenarbeiter, Garderobieren, Maskenbildner, Beleuchter, Orchestermusiker, Statisten und Chorsänger um sie herum machen sich für einen Augenblick nicht mehr an St. Gallener Bratwürsten und Rüblikuchenstücken zu schaffen. Alle schauen auf Maria. Ihr Gelächter erstirbt so plötzlich, wie es ausgebrochen ist.

Entschuldigung, sagt Stein.

Ich habe auch eine Frage, sagt sie. Was muss vom Leben verstehen, wer Politik macht?

Die Antwort wartet sie nicht ab.

Sehen Sie, sagt sie. Sehen Sie! Und darauf: Ich muss jetzt die Liebe studieren, damit die Boheme das nächste Mal noch besser klappt. Schön, dass sie mich besucht haben, Herr Minister.

Stein muss sich nicht lange hinter dem Baum verstecken. Maria hat sich rasch umgezogen, verlässt die Oper zu Fuß. Er folgt ihr über den Sechseläutenplatz. Es beginnt leicht zu regnen, sie spannt einen Schirm auf, den sie auf der Quaibrücke kaum festhalten kann, so stark windet es. Sie biegt in die Bahnhofstraße ein.

Gelbes Licht fällt in breiten Bahnen aus prächtig dekorierten Schaufenstern auf den nass glänzenden Asphalt und die blank geschliffenen Schienen der Straßenbahn, deren auf- und abschwellendes Gesummse die Luft erfüllt. In der Bahnhofstraße verkehren mehr Straßenbahnen als Autos, aber die wetterfeste Frau Bensson steigt in keine ein. Sie schreitet zügig aus. Ob sie dazu Musik im Kopf hat? Stein, unbeschirmt und mit hochgeschlagenem Mantelkragen, bleibt ihr auf den Fersen. Ein albernes Bild. Ein ehemaliger Spitzenpolitiker der Bundesrepublik Deutschland reist nach Zürich, um einer Dirigentin nachzusteigen. Käme jemand dahinter, könnte er es nicht erklären.

Am Paradeplatz erkennt Stein Marias Ziel. Denn vom Eingang des Hotels Savoy her winkt eine Frau. Maria beginnt in diesem Moment zu rennen, und die Frau springt mit fliegendem Haar die Treppen hinab, trotz des Regens in nichts als einer weißen Bluse.

Leilah, ma chérie,
den Tagen in Zürich folgen jetzt die Tage in Milano, und es ist mir, als wäre ein halbes Jahr vergangen, und als befände ich mich auf einem fernen Kontinent, wo doch der San Bernardino nicht der Khyber-Pass ist. Weiß nicht, weshalb das mit dem Telefonieren zwischen uns nicht klappt. Habe es jedenfalls versucht. Abgesehen davon: Am Telefon verstummt immer irgendetwas in mir.
Am liebsten schriebe ich dir mit einem frisch zugespitzten Federkiel lange Briefe auf Pergament und ließe den Postillion rufen, würde ich dann nicht Wochen auf deine Antwort warten müssen.

Falls du dir Vorwürfe machen solltest, weil du nicht hier bist: Sie sind nicht nötig. Habe das hier auch ohne dich ganz passabel erledigt. Oder sollte ich sagen bewältigt? Wenn du glaubst, dass ich mich mit shoppen belohne, kennst du mich nicht. Ich brüte immer nur über Rheingold. »Garstig glatter glitschiger Glimmer.« Und wenn ich mal nicht an diesem Riff von Partitur herumkraxle wie der alte Lüstling Alberich und das Gefühl habe, mir entgleitet, wonach ich fasse, gibt es weiß Gott Aufregenderes als Modegeschäfte. Vor allem Ricordi! Herrliche Partituren (habe zugeschlagen). Auch die Ricordi-Ausstellung in der Nationalbibliothek ist phantastisch. Autographen von Verdi, Puccini etc. Die bringen mich in Stimmung.
Zur ersten Vorstellung an der Scala (du hättest sie dir doch nicht entgehen lassen sollen!) war wenigstens George zur Stelle. Er glaubt, das Italienische liege mir im Blut. Beinahe wäre ich stolz auf das Kompliment gewesen. Nehme aber an, er will damit nur ausdrücken, der Ring sei nicht mein Ding und komme sowieso zu früh. Vermute, George nimmt mir übel, dass ich seinen Rat ausschlug und das Angebot annahm. George weiß ja auch nichts von der Operation Walküre. Die hat sich Jonas ausgedacht. Er wird zurücktreten. Plötzlich und unerwartet wird er aus transozeanischer Ferne das Handtuch werfen und Penk, den Intendanten, damit wie mit einem Fausthieb zu Boden strecken. Die Berlin regierenden Chaoten werden heulen. Auch ein lebenslänglich gewählter Generalmusikdirektor kann gehen, wenn er will, und Besseres tun, als sich herumzuärgern. Natürlich wird es heißen, nur des schnöden Geldes wegen wolle er die Stadt im Stich lassen. Jonas wird seine unzerbrechliche Liebe zu Berlin beteuern, sich aber nicht

umstimmen lassen, nicht einmal, wenn ihm der Bürgermeister persönlich die Füße küsst. Dafür stehen schon ganz andere Schlange.
Entscheidend ist der Überraschungseffekt. Also absolute Geheimhaltung! Deshalb ist nicht einmal George eingeweiht, obwohl er sonst weiß, was Jonas denkt und tut, und auch alles, was er lässt, selbst, wenn es nicht viel ist, was er lassen kann.
Worauf es hinausläuft? Jonas wird zu einem Zeitpunkt zurücktreten, zu dem an mir nicht mehr vorbeizukommen sein wird. Erstens, weil kurzfristig kein echter Big Name verfügbar ist, zweitens, weil ich mich als Lösung geradezu aufdränge.
Ich werde mit dem Ring den Beweis liefern. Deshalb ist Rheingold so wichtig. Nichts leichter als das, siehst du!
Ich darf nicht scheitern.
Ich werde nicht scheitern.
Jetzt weißt du, wie es in mir zugeht.
Sei herzhaft geküsst.
MP

Was ist schon ein Flug nach Mailand für einen Mann der europäischen Politik? Dennoch wird Stein zu seiner eigenen Verblüffung von prickelndem Reisefieber erfasst. Liegt es daran, dass es niemanden mehr gibt, der ihm den Flug heraussucht, bucht, bezahlt, Unterkunft verschafft, Reisepapiere zusammenstellt und aufschreibt, was, wann und wo er genau zu tun hat, dass ihn niemand erwartet, begrüßt, begleitet? Nein, daran hat er sich gewöhnt und den Verlust als neue Ungebundenheit schätzen gelernt.

Es muss etwas anderes sein, das ihn hat wach bleiben, auf die Uhr blicken, sich im Halbschlaf herumwälzen lassen.

Neuschnee überglänzt die Alpen. Erst im Sinkflug taucht die Maschine in tief hängende Wolken. Regen ist allemal besser als Nebel, der in Mailand so oft das Landen verbietet, sagt sich Stein. Als auf dem Weg von Malpensa in die Stadt das Taxameter klickt und klickt, doch der Wagen praktisch steht, blockiert, wie ihm gesagt wird, von protestierenden Alfa-Romeo-Arbeitern, macht Stein noch immer ein fröhliches Gesicht. In alten Zeiten hätte er jetzt sein Handy traktiert, schlechte Laune verbreitet und den noch jungen Tag als einen geschmäht, der den Arsch nicht hochkriegt. Im Autoradio schluchzt Mario del Monaco, und kein einziger finsterer Gedanke an die Verkommenheit des italienischen Gewerkschaftswesens verdüstert Steins Sinn.

Das Handy summt. Ein »Unbekannter Teilnehmer«. Früher hätte er so etwas ignoriert. Aber nicht an diesem Tag. Es ist die Frau, mit der er einmal verheiratet gewesen war.

Nett, dass du dich erinnerst, sagt er.

Da kannst du mal sehen, sagt Beate. Wobei störe ich gerade?

Du störst nie, sagt Stein, was auch immer geschehen ist.

Es ist eine maßlose Übertreibung.

Ich will gar nicht wissen, wobei ich dich gerade nicht störe, sagt Beate. Und wo.

Milano, sagt er. Mein Geburtstagsgeschenk an mich selbst.

Beate: Und mit wem?

Das geht sie zwar nichts an. Aber Stein antwortet ebenso rasch: Turandot.

Beate kapiert natürlich nichts.

Er: La Scala.

Sie: Ärmster! Gar nichts aus Fleisch und Blut?

Davon bin ich vorerst geheilt, sagt er.

Na dann weiterhin gute Besserung!

Unverschämte einhundertfünf Euro macht die Fahrt, und Stein legt noch fünf Euro darauf.

Nach der Ankunft im Hotel tut er, wozu früher niemals Zeit gewesen ist. Er lässt sich treiben. Soll er sich zur Feier des Tages etwas gönnen? Nichts, was eine Investition wäre, nur vielleicht eine Krawatte? Viele Krawatten wird er nicht mehr brauchen in seinem Leben. Auch die Anschaffung eines erstklassigen Anzugs ist nicht mehr das, was es einmal gewesen war, als Eitelkeit zu den beruflichen Pflichten passte. Was gäbe er jetzt dafür, mit Maria durch Mailand zu bummeln! Allein schon die Namen der Lederwarengeschäfte! TRUSSARDI, CESARE PACIOTTI, GUIDO PASQUALI. Er spricht die Namen aus, prüft ihren Klang mit der Zunge wie guten Wein. CASADEI. Oder heißt es Casa Dei? Er betritt den Schuh-Tempel, nimmt die eine oder andere handgenähte Kreation in die Hand, führt sie an die Nase, saugt ihren Duft ein. Stabil und hochhackig zugleich. Er stellt sich vor, wie Maria mit dem Fuß aufstampft in diesem Schuh. Er hat gelesen, dass barocke Dirigenten den Takt mit langen Stöcken klopften. Lully stieß sich dabei in den eigenen

Fuß und starb danach an Blutvergiftung. Von Marias Pumps durchbohrt werden möchte Stein.

Er umkreist La Scala. Biegt von der Via Verdi nach links in das schmalere, Verdis Librettisten Arrigo Boito gewidmete Sträßchen, das sich zur Piazzetta Giordano Dell'Amore erweitert. Auch der muss laut über die Lippen. Wer dieser Amore war? Das Straßenschild verrät: ein Bankier. Wie ernüchternd! Abermals nach links abgebogen, in die von absenkbaren Pollern gesperrte, noch schmalere Via Filodrammatici, die sich wiederum zur Piazzetta Enrico Caruso auftut, nein: Enrico Cuccia, Banchiere auch er.

Linker Hand nun der Bühneneingang, leuchtend, gläsern, nüchtern wie das Entrée einer Bank, weißer Marmor im Inneren, eine Empfangstheke. Hier wird Maria die Stätte ihres Triumphes betreten, hier wird sie sie wieder verlassen. Schon erreicht Stein erneut die Piazza, liest auf dem großen Plakat die Ankündigungen der Saison, findet ihren Namen, siebenmal dirigiert sie Turandot. Womöglich, denkt er sich, die erste Frau, die jemals am Teatro alla Scala dirigiert hat, wie stolz ihn das macht! Direttore Maria Patricia Bensson, es gilt die männliche Form; wie klänge das schon: Direttrice d'Opera!

Ein zweites Mal umrundet Stein den Schrein, den selbst im Dämmerlicht noch schneeweißen Kubus, der die Scala überragt, die Kaaba seiner neuen Religion. Alles Irdische verwandelt in Klang, nichts als Klang. Er betritt die Bar della Scala an der Piazzetta Enrico Cuccia.

Von einer Nische gleich neben der Tür und beschwingt von zwei Gläsern Brunello, beobachtet er die Straße vor dem Bühneneingang.

Franz meldet sich, um Glück zu wünschen.

Danke, sagt Stein ins Telefon, er sei seinem Glück gerade hartnäckig auf der Spur, momentan in Milano.

Das hört sich doch prachtvoll an, sagt Franz.

Glück sei nichts anderes als Wille zum Glück, behauptet Stein. An seinem sechsundfünfzigsten Geburtstag aus seinem früheren Leben niemanden zu vermissen sei gewolltes Glück.

Franz sagt, dann müsse er sich heute ja keine Sorgen mehr um ihn machen. Das neue Glück habe doch gewiss einen weiblichen Vornamen?

Lästere du nur, sagt Stein. Nur so viel, die Dame heißt Turandot.

Turandot! Das männermordende Weib! Wie viele Freier hat sie sterben lassen?

Sechsundzwanzig, sagt Stein.

Wie immer blendend informiert, sagt Franz.

Er sei Calaf, der Prinz, der Turandots Rätsel löst, sagt Stein.

Na, bitte!, sagt Franz.

Eine herrliche Frau, jubelt Stein.

Aber schrecklich, sagt Franz.

Stein sagt: »*Ein jeder Engel ist schrecklich.*« Ist von Rilke.

Also wünsche ich dir heute einen schrecklichen Engel, sagt Franz.

Stein ist der unernste Ton recht. Er will ihren Namen,

will des Rätsels Lösung, den letzten der drei Schlüssel zum Glück noch aufbewahren, den Zauber nicht zerstören, solange er noch nicht viel mehr ist als eine Möglichkeit, auch wenn sein Sinnen und Sehnen sich seiner schon vollständig bemächtigt hat. Ihr Name brennt ihm auf der Zunge und im Herzen. Er ist bereits Marias Reisebegleiter, auch wenn er es nicht einmal andeuten darf. Weshalb fragt Franz ihn nicht wenigstens, wer Turandot dirigiert? Das muss der doch wissen wollen!

Nun umkreist der Pilger auf seiner Hadsch ein drittes Mal die Scala. Straßen und Plätze sind im Regen kaum belebt, ihm aber kommt es vor, als werde er beobachtet.

Stein steigt in die Wanne um sich für den Abend zu präparieren, seinem ersten in der Scala. Erneut summt das Handy. Auf diesen Anruf hat er gewartet.

Ob Mam sich zu seinem Geburtstag gemeldet habe, fragt Clemens.

Also hat sein Sohn sie gebeten, anzurufen. Es wäre nicht nötig gewesen. Er hätte auf Beates Anruf verzichten können. Er hätte das verkraftet.

Alle haben sich gemeldet, behauptet Stein, alle meine Frauen. Sogar die Böckler, stell dir vor!

Es ist gelogen. Solange er noch in ihren Diensten stand, hatte Christina keinen einzigen seiner Geburtstage vergessen. Wenn sie sich nicht ohnehin gesehen hatten, schickte sie ihm eine SMS. Jetzt gibt es für sie keinen Grund mehr, ihm Glück zu wünschen. Mit jedem Glückwunsch tat sie damals etwas für ihr eigenes Glück. Sie tat nichts absichtslos. Als er noch jemand gewesen war, hatte die Telefoniererei an seinem Geburtstag kein Ende nehmen wollen. Hella hatte das Gros der Anrufer abgewimmelt. Heute meldet sie sich nicht einmal mehr selbst.

Clemens schenkt ihm eine Karte für die Lindenoper. Der telefonische Gutschein ist einlösbar in dieser Spielzeit.

Die Begegnung mit einem Gesicht, dessen markanteste Note der Hornbrille zu verdanken ist, die jetzt am Rand des Waschbeckens liegt. Mit beiden Zeigefingern liftet Stein sich die Schlupflider. Er lächelt sich aufmunternd zu. Glücklich sein heißt auch handeln. Na, komm schon! Es gibt hoffnungslosere Visagen. Mit ein wenig gutem Willen könnte man, was er sieht, als gut erhalten anpreisen. Genügend Haare sind auch noch da, in der ungenauen Farbe der Korkeichenborke.

Stein legt den Smoking an.

Die Eingänge sind noch geschlossen, aber er will Maria nicht verpassen. Er sieht sie über die Piazza kommen, im dunklen Wollmantel, eine Mappe unter dem Arm. So könnte auch jemand aussehen, der einen Termin bei Banchiere Cuccia hat. Vor dem Bühneneingang wird sie von einem Mann mit Geigenkasten angesprochen. Sie bleibt stehen. Die Gelegenheit ist günstig. Stein stellt sich so in ihre Nähe, dass sie ihn nicht übersehen kann.

Warum reagiert sie nicht sofort? Es hat sogar den Anschein, als drehe sie sich mit dem Geiger ein wenig, so dass Stein aus ihrem Blickfeld verschwindet. Er geht noch ein paar Schritte weiter. Jetzt kann sie ihm nicht mehr ausweichen, wenn sie die Scala betritt.

Als es so weit ist, macht sie ein Gesicht, als habe sie nichts anderes erwartet.

Sie hier!

Es klingt, als seien lauernd-lästige Bewunderer unvermeidlich, aber erträglich, bestätigen sie doch die eigene Attraktivität.

Stein kann dies kühl erkennen – und zugleich muss er das Erkannte verneinen. Der, dem sie da so geschäftsmäßig begegnet, ist schließlich kein gewöhnlicher Anhänger. Seine Hingabe geht tiefer, seine Avancen reichen weiter. Hier steht ein Mann, der für sie unverzichtbar sein wird. Darauf wird sie noch kommen, er wird schon dafür sorgen. Dies ist ein Moment, den sie nie wieder vergessen wird, so wenig wie er selbst.

Was ihn nach Milano führe?

Ihre Frage, so dahin gesagt, kann nicht ernst gemeint sein. Sie muss die Antwort doch wissen. Sie selbst ist Anlass, Grund und Ziel seiner Pilgerschaft, wohin sie auch immer führen mag. Dass er nun seinen Geburtstag nicht für sich behalten kann, ist unvermeidlich. Irgendwie muss er das Besondere der Begegnung markieren.

Sie kann nicht anders, als es mit einer Berührung zu quittieren, einem Klaps mit der flachen Hand an den Arm, beinahe auf die Schulter. Ein flüchtiger Moment von Herzlichkeit, der niemals mehr verlöschen wird in ihm.

Darauf sollten wir anstoßen, sagt er.

Aber leider, leider, leider hat sie nach der Vorstellung keine Zeit. Sagt sie. Die Enttäuschung darüber wird Stein später martern. Aber er wird sich davon nicht entmutigen lassen.

Stein bestaunt die Eleganz des Publikums. Frisuren, Kleidung, alles ist ungleich raffinierter als in München, Zürich, Wien, von Berlin ganz zu schweigen. Kein schnöder Gong, kein schrilles Geklingel ruft in den Saal, sondern livrierte Platzanweiser bitten hinein.

Mit Maria am Pult rauscht Turandot an ihm vorbei. Die Stimmen und Bilder dieser Vorstellung haften nicht in ihm. Nicht einmal solange die Aufführung andauert. Zu stark entfalten sich seine Gedanken, entführen ihn und Maria in eine Welt, gegen die das Bühnenmärchen nur ein staubiger Schwank auf knarrenden Brettern ist. Das Opernchina vor seinen Augen ist von der wahren Verbotenen Stadt so weit entfernt wie das Berliner Kanzleramt vom Paradies.

In lila Schuhen mit stabilen, doch hohen Absätzen steht Maria am Ende in ihrem Damensmoking auf der Bühne. Brava! Stein würde gern rufen, doch bliebe er damit ziemlich allein. Keine Brava, sondern enden wollender Applaus. Calaf hat erkältet geklungen, sogar gehustet. Für Stein ist es wunderbar genug gewesen.

Zwei Gläser Wein, eine Handvoll Nüsse, mehr braucht er an diesem Abend nicht mehr. Auf dem Handy ist eine Nachricht von Hella, die doch noch an ihn gedacht hat.

Und eine SMS von ihr!

Kommen Sie doch in die Rheingoldprobe in der Lindenoper am kommenden Mittwoch. Wenn Sie Lust haben.

Was für ein Geschenk! Ein schöneres hat er nie bekommen.

Stein liegt im überheizten Hotelzimmer auf dem Bett und bekommt kein Auge zu. Niemand bekäme in seiner Lage ein Auge zu. Die Wände sind dünn. Und wären sie noch so dick, was im Nachbarzimmer sich regt, wie da gejuchzt, gestöhnt und geschrien wird, riefe ihn aus tiefster Ohnmacht. Die Dame verfügt über ein durchdringend scharfes Timbre. Der lautlose Herr, der es in Gang setzt, verdiente Bravi-Stürme. Es muss doch ein Ende nehmen. Nimmt es aber nicht.

In alten Tagen hätte Stein die Rezeption alarmiert, für Ruhe zu sorgen sich erbeten. So ein spießiger Spielverderber ist er gewesen. Nun stellt er sich vor, was genau da im Nachbarzimmer vor sich geht. Er hielte, das ist ihm klar, nicht mit. Licht macht er, sieht auf die Uhr. Halb drei ist vorbei, als endlich Ruhe einkehrt.

Bis alles von vorn beginnt, hastiger nur, nicht weniger heftig. Selig berauscht tönt die fremde Frau. Stein lässt das Licht aus, versucht irgendwie mitzumachen, was soll er auch anderes tun, auf und ab gehen vielleicht oder kalt duschen? Er zieht den Dreier vor, mit einer Wand dazwischen, ein Fernduell, das er verliert, und das ihn doch beglückt am Ende eines Geburtstags einsamer Klasse.

ZWEI

FRICKA Auf, aus der Träume wonnigem Trug!
Erwache, Mann, und erwäge!

Das Rheingold, zweite Szene

Leilah, ma chérie,
nun also wieder in dieser grauen, schäbigen Stadt am westlichen Rand der sibirischen Steppe. Der Charme der Berliner schreckt nicht vor Künstlerinnen zurück. Am Ende wirst du wieder tadeln, auch meine Manieren hätten zu berlinern begonnen. Stehe das durch, wie du es von mir kennst. Man gewöhnt sich hier einen gewissen Ton an. Nahm mir vor, die Hauptstadt der Deutschen diesmal nur schön zu finden und jedem Journalisten zu bestätigen, wie sehr Berlin mir ans Herz gewachsen ist. Tut man das nicht unaufgefordert, ist man gleich unten durch, und unsere Operation Walküre wäre zum Scheitern verurteilt.
Telefonierte gerade mit Jonas (der dich grüßen lässt, das ist kein Scherz). Haben unsere Strategie noch einmal durchbuchstabiert. Auf Rheingold kommt es an. Ich sollte unbedingt vermeiden, Jonas zu kopieren. Ebenso falsch wäre, mit Gewalt originell sein zu wollen. Für einige Tricks des Meisters kann man nur dankbar sein. Z. B. für die Fortepiano-Effekte, die entstehen, wenn er in den Streichern aus einer langen Note zwei kurze macht. Forte-Abstrich, Piano-Aufstrich. (Langweile ich dich?) Werde rhythmisch straffen und versuchen, das kleinteilige (und deshalb so heikle) Motivgewebe an die Musik der

Gegenwart heranzurücken. Bei mir gibt es kein effekthascherisches Protzen, keine wuchtigen Wagner-Wonnen. Wenn es gutgeht, wird man mir spröden Witz bestätigen. Amüsant wäre es, würde mir die Kritik einen »weiblichen Ring« anhängen. Wäre Quatsch, aber natürlich kein Nachteil im Rennen um die Jonas-Nachfolge. Der wird klugerweise keine direkte Empfehlung für mich abgeben, aber natürlich wird man ihn konsultieren. Er könnte mein Organisationstalent erwähnen, und dass ich in der Lage sei, so gut wie jede Musik stilsicher zu dirigieren (was natürlich eine Übertreibung wäre). Was er sonst noch an mir bewundernswert findet, sollte er besser für sich behalten (oder was denkst du?). Jonas kommt es darauf an, Penk zu stürzen. Ist ihm das wichtiger als meine Karriere, mache mir da keine Illusionen.

Penk soll büßen, dass Jonas geht. Das ist die Idee. Was aber, wenn die Politiker ihm Penks Kopf zum Frühstück servieren, um ihn zum Bleiben zu überreden? Jonas hat zwar versprochen, unter allen Umständen zu gehen, aber darauf will ich nicht wetten. Penk tut derzeit leider auch nichts, um den Konflikt mit Jonas zu verschärfen. Erweckt ganz den Anschein, als genüge ihm der Vorsitz des Jonas-van-Bloomweghe-Fanclubs. Trotzdem reden sie kaum noch miteinander, weil natürlich beide die künstlerische Oberleitung beanspruchen. Wie werden wir also Penk los? Hier kommt SS ins Spiel, der Regisseur. Unser Agent Provocateur. Er soll den notwendigen Skandal liefern. Penk wird versuchen, ihn zu verhindern – und sich an der künstlerischen Freiheit vergreifen. Oder er wird SS und die Freiheit der Kunst verteidigen – und dann erst recht Feuer kriegen. Ob SS das Spiel durchschaut oder nicht, macht

keinen Unterschied. Jonas hat ihm eine Inszenierung an der Met versprochen und in Bayreuth die Tür geöffnet. Dort nehmen sie jeden Regisseur, der nur verrückt genug ist.
SS muss nicht fürchten, die Berliner Affäre könne seinen Ruf beschädigen.
Gleichgültig, ob Penk den Regisseur verteidigt oder zum Hinschmeißen provoziert, er wird in beiden Fällen behaupten, von Anfang an skeptisch gegenüber dem Regiekonzept gewesen zu sein. Dies entspricht der Wahrheit. Doch wird Jonas sich nicht daran erinnern wollen. Jonas wird schon deshalb glaubwürdig klingen, weil es an der Staatsoper niemanden gibt, der sich daran erinnern könnte, Penk jemals eindeutig für oder gegen etwas erlebt zu haben. Kurzum: Penk wird als der verantwortliche Versager dastehen, wenn es zum Eklat kommt.
Ließ mich bei den szenischen Proben bisher nicht blicken und spiele die Unschuld vom Lande. (Kannst du dir das vorstellen, sweetheart?) Solange es geht, werde ich SS den Rücken stärken. Damit er durchhält. Sorge mich nur, das Angezettelte könnte am Ende meine musikalische Leistung in den Hintergrund drängen.
Denke in jeder Minute an dich, die mir bleibt. Willst du nicht doch kommen?
Sei wild geküsst.
MP

Vanessa stellt sich ihm vor, Marias Assistentin. Hochgewachsen, schwarze Röhrenjeans, schwarzer Pullover, schwarzer Pony, Ende zwanzig. Sie hat Stein am Eingang des Direktionsgebäudes abgeholt und führt ihn zur Probebühne. Schon auf dem Flur hört er das Auftrittsmotiv der Riesen auf dem Klavier, ihren schweren, polternden Schritt. Vanessa öffnet die Tür zur Probebühne, deutet auf eine Reihe von Stühlen entlang der Wand. Maria sitzt auf einem Hochstuhl, vor sich ein Notenpult mit der Partitur, in der Hand einen Bleistift. Sie benutzt ihn als Taktstock, obwohl nur ein Klavier die Sänger begleitet. An einem langen Tisch sitzen die Mitglieder des Regieteams, Kostümbildnerin, Bühnenbildner, Assistenten, auch Vanessa nimmt Platz.

Gerüste, Podeste, angedeutete Kulissen. Stein erkennt die Szene: *Freie Gegend auf Bergeshöhen,* von Göttern bevölkert, jeden und jede könnte er beim Namen rufen. Wotan, Fricka, Freia, Donner, Froh. Sie alle tragen Alltagskleider, nur die Köpfe sind umhüllt. Allein Fasolt und Fafner haben nichts auf, und es sind auch keine Riesen. Stein hätte erwartet, dass sie auf Stelzen gehen, aber in modernen Inszenierungen dürfen Riesen auch zu kurz geraten.

Fasolt und Fafner wollen gerade den verabredeten Lohn für den Bau von Walhall kassieren. Das vertraglich festgelegte Honorar ist *Freia, die Holde, Holda, die Freie.* Verständlich, dass Wotan sich weigert zu bezahlen. Erstens ist Freia seine Schwägerin, zweitens die einzige Garantin seiner ewigen Jugend. *Seid ihr bei Trost mit eurem Vertrag? Denkt auf anderen Dank: Freia ist mir nicht feil.* Die dramatische Situation (Fasolt, in höchster Bestürzung einen Augenblick sprachlos*: Was sagst du? Ha, sinnst du Verrat?*) scheint die übrigen Götter allerdings zu langweilen.

Das findet auch der schmale, nicht mehr ganz junge Mann in der ausgebeulten Bluejeans und der blauen Adidas-Trainingsjacke mit der Aufschrift VfL Bochum, der zwischen all den Gottheiten und Fabelwesen hin und her springt, der gestikuliert und redet, während gesungen wird. Zum Glück redet er immer nur auf diejenigen ein, die gerade nichts zu singen haben. In seiner Bochumjacke erinnert er an einen Fußballtrainer, den das tranige Spiel seines Teams zur Verzweiflung bringt. Er spurtet zu Donner – schon hebt Donner die Faust. Er springt zu Fricka, die prompt die Hände vors Gesicht schlägt. Nur Froh richtet einen gedehnten Blick zur Decke und breitet dazu die Arme aus wie Moses in einer Hollywood-Verfilmung.

Der Regisseur stöhnt und wendet sich Freia zu.

Hör zu, Marga! Du weißt, was dein blöder Götterschwager anrichtet. Aber das muss man sehen! Du wirst es ausbaden müssen, an dir werden die Riesen ihre verspottete Männlichkeit beweisen. Gleich werden sie dich packen, mitnehmen, vergewaltigen. Himmel! Du bist die Göttin der Jugend und stehst herum wie eine Kiste verschrumpelter Boskop! Sei von Sinnen vor Angst!

Stein findet nicht, dass die Sängerin der Freia verschrumpelt aussieht.

Aber sie wirft sich heftig zu Boden. Wotan zuckt zusammen, Fasolt verschlägt es die Stimme, und selbst das unerschütterliche Klavier verstummt.

Aber doch nicht so theatralisch! ruft der Regisseur. Er klingt sehr theatralisch, fast verzweifelt.

Bitte, Marga, sei einfach nur ein Nervenbündel und verkriech dich!

Der Korrepetitor am Flügel gibt einen neuen Einsatz, Fasolt attackiert nun Wotan: *Lichtsohn du, leicht gefügter, hör und hüte dich.*

Das orgelt gewaltig. Stein spürt die Tonwelle. Hier klingt alles viel eindringlicher und lauter als im Zuschauerraum.

Stopp!

Schon wieder passt der Trainingsjacke etwas nicht. Stein sieht zu Maria. Die blättert in ihrer Partitur, als würde sie sich für nichts anderes interessieren.

Jan! Wotan ist jetzt kein allmächtiger Gott, sondern dein Schuldner. Du hast die Lichtgestalt entlarvt. Seriös bist du, nicht er. Ich möchte deine Herablassung spüren, deine ganze westliche Verachtung für diesen reich und dekadent gewordenen Kameltreiber. Du erinnerst ihn an die Grenzen seiner Macht. *Was du bist, bist du nur durch Verträge.* So drohst du diesem Gott! So demütigst du ihn. Wie demütigt man einen Gott?

Wie man einen Gott demütigt, wüsste Stein auch gern.

Der Regisseur nimmt die Position des Riesen ein, deklamiert den Text im Takt der Musik. *Hör und hüte dich: Verträgen halte Treu.* Dazu sticht sein Zeigefinger rhythmisch auf Fasolt ein.

Dann ist Wotan an der Reihe.

Liegst den ganzen Tag im Schatten, John, und vergnügst dich mit deinen Haremsdamen! Da kommen diese Gastarbeiterriesen daher und glauben, dich belästigen zu dürfen. Du hältst es selbstverständlich für dein Recht, die Gesetze zu brechen, du hast sie ja selbst gemacht. Aber John! Warum sehe ich davon nichts?

Stein beobachtet, wie Maria sich zu Vanessa beugt und ihr ins Ohr flüstert. Die Assistentin notiert.

Ein vertragsbrüchiger Gott ist bald kein Gott mehr. Weil man ihm nicht mehr glauben kann, kann man auch nicht mehr *an* ihn glauben, sagt der Regisseur.

Stein ist beeindruckt, wie einfach der so schwierige Dinge erklären kann und den Sängern nicht nur bedeutet, was sie tun sollen, sondern auch warum.

Ein dummer Riese rät dir das. Das ist bitterer Hohn. Du dummer Riese hättest gute Lust, diesen Gott zu verdreschen. Sing das so, Jan, als ob du ihn dir gleich vorknöpfst. Und du, John, verhöhnst diesen naiven Kerl, weil der noch an ehrenwerte Kaufleute glaubt. Du triffst ihn an der Stelle, wo Männer am empfindlichsten sind. *Die liebliche Göttin, licht und leicht, was taugt euch Tölpeln ihr Reiz?*

Ich kenne das Stück, sagt John.

Der Regisseur schaut irritiert Maria an, die sich nicht rührt. Von nun an unterbricht er nicht mehr, steht am Rand der Szene, die Arme verschränkt. Er schweigt und verachtet die plump sich plagenden Sänger. Am Ende wird ohnehin er die Buhs abbekommen, nicht die Dirigentin. So ist es fast immer, das weiß auch Stein.

Später, in der Theaterkantine. Stein schmeichelt Maria. Er bewundere ihre Akribie.

Sie: Blödsinn. Ich habe gar nichts getan, nur mit angesehen, was SS anrichtet.

SS?

Sigmar Schmid. Alle nennen ihn SS. So wie ich für alle MP bin. Maria Patricia.

Was richtet SS denn an?

Hat Sie nichts irritiert?

Es hat Stein nichts irritiert. Oder alles. Es ist schließlich seine erste Opernprobe gewesen.

Ihnen ist wirklich nichts aufgefallen?

Irgendetwas sollte ihm schon aufgefallen sein, damit er nicht ganz doof vor seinem Cappuccino und Maria sitzen muss. Die Kopfbedeckungen der Götter, sagt er, die habe er sich nicht richtig erklären können. Eigentlich habe er sich Wotan mit Augenklappe und Speer vorgestellt, nicht mit Turban.

Sie habe Göttergattin Fricka auch schon mit Lockenwicklern auf der Bühne gesehen, sagt Maria, warum also nicht mal mit Kopftuch. Die Kostüme seien noch nicht fertig, trotzdem müssten die Sänger in ihre Rolle schlüpfen. Wotan brauche einen Turban, damit er nicht vergisst, in dieser Inszenierung Allah zu sein.

Das ist es, was mich irritiert, sagt Stein, froh, dass sie ausgesprochen hat, was er sich irgendwie gedacht hat. Aber wieso Allah?

Wirklich kapiert habe ich es auch nicht, sagt Maria, besser Sie fragen SS. Die Sänger haben es auch nicht geschnallt, aber die schnallen selten etwas. Wie finden Sie es denn?

Da soll er eine Meinung zum Besten geben, wo er noch gar keine haben kann. Ein Test seines Theaterverstands? Stein will sich nicht blamieren. Er hat schon lange nicht mehr das Gefühl gehabt, examiniert zu werden. Das letzte Mal war es im Büro der Bundeskanzlerin gewesen.

In künstlerische Dinge wolle er sich nicht einmischen, sagt Stein, doch habe er den Eindruck, es handle sich um eine politische Aussage.

Unbedingt, sagt Maria.

Ob er ihr dann einen Rat geben dürfe?

Sie bittet darum.

Wir, sagt Stein in einem Ton, wie er zu einem professionellen Coach passen würde, einem leicht raunenden, von Erfahrung gesättigten, Gelassenheit verströmenden Ton, der an Staatsopern nicht weniger geschätzt wird als in Regierungszentralen, wir sollten keine schlafenden Hunde wecken.

Sie nickt, als habe er sich verständlich genug ausgedrückt.

Er könne verstehen, fügt er hinzu, wenn jemand keine Allah-Karikatur auf der Bühne sehen wolle.

Warum nicht, sagt sie. Der Ring als Religionskritik. Lessings Ringparabel in Korrespondenz mit Wagners Ring. Warum nicht.

Hört sich spannend an, gibt Stein zu, könne aber so spannend werden, wie man es sich gar nicht wünscht.

Sie knurrt etwas, was er nicht versteht, und wünscht ihm einen guten Abend.

Ihre Art, Gespräche zu beenden, kennt er zwar schon,

kann sich jedoch noch immer nicht des Eindrucks erwehren, sie nähme ihn nicht ernst. Er ist ja bloß ein Politiker, ein gewesener noch dazu. Letzteres hat er ihr inzwischen angedeutet, allerdings nicht näher erläutert. Er ist jetzt mit dieser Sache befasst. Dieses Rheingold kann ihm nicht gleichgültig sein. MP soll sich auf ihn verlassen können.

Ohne jede Vorrede hebt Maria den Stab und gibt den acht Kontrabassisten den Einsatz. *Auf dem Grunde des Rheins.* Ein lang anhaltender Ton. Im fünften Takt kommen zwei Fagotte und das Kontrafagott hinzu. Sechzehn Takte lang nichts als ein gleichmäßig leises, sonores Brummen in Es-Dur. Es ist der Urzustand der Welt. Gleich, weiß Stein, folgt dem Urbeginn eine der kniffligsten Stellen der ganzen Partitur. *Ruhig heitere Bewegung.* Die äußerste Nervenprobe, nicht so sehr für die Dirigentin als für die Hornisten. Es sind nicht weniger als acht. Nicht gemeinsam, einer nach dem anderen setzen sie ein, jedes Horn mit demselben, aufsteigenden Motiv. Acht Hornisten weben ein dichtes, delikates Gespinst, der kleinste Kiekser könnte es zerreißen. Den ersten Einsatz hat nicht etwa der erste, Brillanteste von allen, der Solo-Hornist, auch nicht der zweite oder dritte, selbst der vierte nicht, sondern der achte. Der achte und letzte Hornist! Er ganz allein beginnt den Kanon mit dieser hochheiklen Phrase, ehe der siebte Hornist das Thema aufgreift, und der achte hat es auch gleich noch einmal solo zu wiederholen. Der achte Hornist! Hier, gleich am Anfang der Welt, lässt Wagner den Letzten den Ersten sein, die womöglich kurzfristig engagierte Aushilfe, die Nachwuchskraft auf Probe, ihr gibt der Schöpfer die Gelegenheit, zu glänzen oder zu versagen. *Ruhig heitere Bewegung*: Welch ein Hohn!

Der Patzer ist nicht das Schlimmste. Nach dem ebenfalls nicht ganz schwindelfreien Einsatz des sechsten Horns wedelt Maria mit dem Stab. Die Hörner ersterben. Sie verlangt Wiederholung, zunächst nur vom achten, siebten und sechsten Horn, dann noch einmal von allen acht Hörnern gemeinsam, dann noch einmal und noch einmal, und jedes Mal beginnt das gefährdete achte. Wenn eine Demütigung notwendig scheint, dann diese. Dennoch ist sie Stein nicht angenehm. Derartig quälen könnte er keinen Mitarbeiter. Bloßstellungen dieser Art verletzen den Betriebsfrieden. Keiner der Hornisten aber widersetzt sich. Keiner der sieben übrigen springt dem achten Hornisten bei. Kein gewählter Vertrauensmann.

Maria lässt den Stab sinken, schüttelt stumm den Kopf, das ganze Orchester muss nun von vorn beginnen. Das anschwellende Gewoge in den Streichern, den Holzbläsern, die Steigerung ins Stürmische. Eine Dreiviertelstunde lang, bis zur Pause, probiert Maria nur das Vorspiel. Auf der CD-Einspielung Jonas van Bloomweghes, das hat Stein sich gemerkt, dauert es gerade einmal vier Minuten und elf Sekunden.

Es ist mehr als nur Steins Ahnung, mehr als mangelndem Selbstvertrauen geschuldeter Zweifel. Es ist Gewissheit.

Stein weiß, dass er von Frauen wenig versteht. Er versteht von Frauen fast nichts. So ist es. So einfach, so schmerzhaft. Das hat er Franz nie gestanden. So weit geht die beste Freundschaft nicht, nicht einmal die zu einem Therapeuten. Der mag alles erklären können und dazu noch den Musterehemann, den Patentfamilienvater geben, aber von Frauen im Allgemeinen weiß auch Franz nicht hinreichend viel. Weiß Stein.

Franz: Schon im Internat hatten Frauen ihm gerne etwas geflüstert, aber verliebt hatten sie sich in andere. Als großer Liebhaber war Franz nicht aufgefallen, nur als Verständnis heuchelnder Seelentröster. Stein dagegen war weder Frauenversteher noch Frauenverführer gewesen, weil es, wie er damals meinte, Wichtigeres gegeben hatte. Jetzt weiß er auch Maria nicht als Frau zu nehmen.

Mit Maria als Frau etwas anzufangen würde bedeuten, mit dem Leben wieder etwas anzufangen. Das wahre Leben fängt man mit Frauen an. Als er siebzehn, achtzehn gewesen ist, hatte er tatsächlich geglaubt, es gäbe für ihn Dringlicheres, als etwas mit Frauen anzufangen. Die Politik ist für ihn durchaus keine Ersatzbefriedigung gewesen. Umgekehrt wäre ein Schuh daraus geworden: Frauen wären als Ersatzbefriedigerinnen für die Politik in Frage gekommen. Doch die Politik hatte ihn damals unfallfrei und zügig durchs Leben getragen.

Er hatte sich durchaus auf Frauen eingelassen. Gelegentlich. Seine hormonelle Ausstattung war vollkommen normal gewesen, nur, dass er eben die erste Gelegenheit dazu genutzt hatte, seinen Hormonhaushalt dauerhaft unter Kontrolle zu bringen. So war mit Beate nicht nur die erste und bis dahin einzige richtige Beziehung seines Lebens zustande gekommen, und praktischerweise hatte sie in eine Ehe gemündet. Was heißt richtige Beziehung? Beate hatte ihn nicht entjungfert. Da hatte es eine andere gegeben. Er hatte nur vor Beate nicht gewusst, was Blindsein vor Liebe ist. Wenn er allerdings ehrlich ist zu sich selbst, muss er zugeben, niemals vor Liebe blind gewesen zu sein. Ganz unvernünftig hat er nie sein können und nie sein wollen. Erst mit seiner wachsenden Distanz zur Politik hat er zu wünschen begonnen, einmal in seinem Leben von nichts anderem bewegt zu sein als vom Verlangen nach einer Frau. In seinem Alter ist so ein Gefühlsausschlag wahrscheinlich nicht mehr normal, denkt er. Verstünde er mehr davon, verstünde er auch mehr von Maria. Und er wüsste, sie zu gewinnen.

Stein hat das Wagalaweia-Wallala-weiala-weia-Gejaule nie anders denn als glitschig-geiferndes Wortgeglimmer verstehen können. Als lachhaft.

Inzwischen aber, da er sich hineingehört, hineingelesen, hineinversetzt hat, kann er nicht anders als staunen über die bezwingende Gültigkeit der ersten Szene, die der Ausgang zu allem Weiteren ist und das ganze Weltenelend in Gang setzt.

Wenn Alberich, der Nibelung, der zottelbärtige Zausel die Bühne betritt, ist er noch nicht die finstere Gegenmacht der Götter, noch nicht darauf aus, mit geraubtem

Gold die Welt zu beherrschen. Zunächst nur ein ausgehungerter, liebestoller, zu kurz gekommener Wurm, ein auf nichts als seine Gier hinab gesunkener Mann, ist Alberich süchtig nach Liebe. Woglinde, Wellgunde, Floßhilde, kokette Schlampen, herzlose Töchter von Mutter Natur, verlachen sein Sehnen.

Verlachte Liebe macht aus der Kreatur ein Monster. *Wut und Minne, wild und mächtig.* Die Lust, nicht die Macht, steht am Beginn allen Verhängnisses. *Rheingold! Rheingold! Leuchtende Lust!* Erst als der Lust das Leuchten vergeht, stößt Alberich den schrecklichsten seiner Flüche aus: *So verfluch ich die Liebe!* Da trifft Wagner den Kern aller Dinge. Wer der Macht der Liebe entsagt, braucht die Macht notgedrungen um ihrer selbst willen. Politik als Liebesersatz: Davon versteht Stein, mehr als ihm lieb ist. Der Verlust der Liebe erst macht Gold zum Tauschmittel. Macht ist käuflich, Sex ist käuflich, Liebe ist es nicht, jedenfalls nicht in den Augen eines Romantikers wie Richard Wagner. Erst zum Ring gezwungen, gewinnt das Gold seine verheerende Kraft. Das, findet Stein, ist eine hübsche Pointe. Ist der Ring nicht auch Symbol des zur Ehe geschmiedeten, um nicht zu sagen: herabgewürdigten Glücks? Aber Stein hat der Macht entsagt um der Liebe willen.

Vielleicht ist es noch nicht hundertprozentig ausgegoren, aber doch ein Gesprächsangebot, das Maria nicht ausschlagen kann. Stein hat ihr heute sein Regiekonzept für Rheingold überreicht, auf vier Blatt Papier. Maria, er sieht es ihr an, ist mehr als erstaunt, sie wirkt geradezu perplex, denn sie hat das weder von ihm erwartet noch ihm zugetraut. Dass einem wie ihm so etwas einfallen kann! Er hat es sich ja selbst nicht zugetraut, bald aber gemerkt, was für ein Vergnügen, ach, was für ein Heidenspaß es ist, seine Phantasie derart zu entfesseln. Und jetzt will es ihm vorkommen, als habe es für das Rheingold nie zuvor eine schlüssigere Lösung gegeben. Eine andere Inszenierung mag er sich im Augenblick gar nicht mehr vorstellen als die seine. Vorstellen schon, aber nicht mehr gelten lassen. Unverständlicherweise ist noch nie ein Regisseur darauf gekommen, zumindest kann er sich nicht entsinnen, von einer ähnlichen Idee etwas gehört oder gelesen zu haben. Und gelesen hat er in den vergangenen Tagen viel über den Ring.

Es liegt verblüffend nahe, das Stück Anfang des zwanzigsten Jahrhunderts anzusiedeln. Wann denn sonst? Die Deutschen rüsten auf zur See. Da sind die Großmachtambitionen eines Kaisers, den die mangelnde Liebe einer englischen Mutter zum Krüppel gemacht hat. England: die Weltmacht, die herauszufordern Wilhelm geschworen hat. Man könnte Alberich in der Maske Kaiser Wilhelms auftreten lassen, ihn – und Wilhelm – damit zum Gespött machen.

Doch Stein geht dieser naheliegenden Falle aus dem Weg. Wotan = Wilhelm! Sein Wotan trägt eine Admiralsuniform. Er lässt eine Flotte bauen. Walhall heißt sein Flaggschiff. Es ist die Zeit der stählernen Romantik. Auf die Schiffe! Die Losung des deutschen Größenwahns.

Die Bürger stecken ihre Kinder in Matrosenanzüge und Stein seine nationalistischen Götter in dunkelblaue Zweireiher mit goldenen Knöpfen. Fasolt und Fafner, auch bei ihm keine Riesen, sondern Investoren, Bankiers. Die erste Szene erinnert noch an den unschuldigen, idealistischen, romantischen Zustand: Die Rheintöchter kämmen ihr goldenes Haar, dreifache Loreley, sehr deutsch, aber noch nicht rassistisch, auf einem Felsen über, nicht unter dem Rhein. Alberich, ein etwas heruntergekommener Minnesänger, ein letzter fahrender Ritter.

Leilah, ma chérie,
wie du weißt, ist Wagner nicht unbedingt mein Spezialgebiet, aber ich durfte diese Chance nicht ausschlagen. Wer diesen Everest nicht bestiegen hat, zählt nicht wirklich dazu. Ich muss da jetzt hinauf, je früher, desto besser. So einfach ist das und so elend schwer. Du ahnst nicht, wie ich zittere! Wenigstens muss ich jetzt noch nicht an den ganzen Ring denken, sondern nur an das Rheingold. Es ist der Vorabend, der Auftakt der Tetralogie, aber doch eine Oper mit allem, was dazugehört. Eigentlich fügt Wagner in den vierzehn Stunden der drei darauf folgenden Kolosse nichts wirklich Bedeutenderes mehr hinzu, steigert sein Material bloß ins Maßlose. Meine Walküren sollen erst in der nächsten Spielzeit galoppieren. So viel zu deiner und meiner Beruhigung.
Muss doch auf SS zu sprechen kommen. Wotan als Allah oder was weiß ich. Die Szene ist eine Ölraffinerie. Bilde mir schon ein, dass es auf der Bühne wie an einer Tankstelle stinkt.

Walhall hat eine Kuppel und Minaretts. Es macht künstlerisch keinen Sinn, germanische Götter zum Islam konvertieren zu lassen, aber es erfüllt hoffentlich seinen Zweck, Penk in einen Skandal zu treiben, den er nicht überlebt. Die Rheintöchter hocken in der ersten Szene wie Statuen auf Säulenstümpfen in einer versunkenen Stadt. Sehr hübsch anzusehen die Mädels (ich lasse die Finger von ihnen, versprochen), aber du kriegst einen Lachkrampf, wenn Froschmann Alberich an sie heranschnorchelt.
Komisch ist auch der seltsame Aficionado, der mir seit Zürich oder Paris nachreist. (Hatte ich ihn schon erwähnt?) Scheint eine ziemlich große Nummer zu sein in Berlin, ich glaube ein gewesener Minister. Könnte sich dennoch als nützlich erweisen. Von rührender Begeisterung. Hat, stell dir vor, ein Regiekonzept für mich entworfen. Wie ein Musterschüler eine Fleißarbeit. Politiker glauben wohl, sie verstünden von allem etwas. Würde mich nicht wundern, wenn er zu Hause den CD-Player dirigiert! So einer ist das. Er hat sich jedenfalls eine Partitur besorgt und sitzt nun still und aufmerksam in meinen Proben. Frag mich nicht, wo er die Zeit hernimmt. (Oder glaubst du, sweetheart, er will mich bloß auf seine merkwürdige Art anbaggern?) Wenigstens gibt es etwas, das mich in Berlin ein wenig erheitert.
Sei geküßt, und treib es nicht zu bunt.
MP

Stein versteht nicht, weshalb Maria ihm diese Lektüre empfohlen hat. Um ihm zu demonstrieren, dass die Sache seinen Horizont oder sein Interesse übersteigt? Weil sie ihn mit irgendeinem Papier beschäftigen und ruhigstellen zu müssen glaubt? Das will er nun doch erst einmal sehen. Er hat vor, der Sache, ihrer Sache, ihrer nun doch auch gemeinsamen Sache, so gut er kann, auf den Grund zu gehen. Wenn dazu solch eine Lektüre gehört, soll es ihm recht sein.

Weil es ihm von Maria empfohlen wurde, in welcher Absicht auch immer, quält er sich jetzt durch den Text. *Richard Wagner: Über das Dirigieren.* Die 1869 verfasste Schrift ist in der Ausgabe von 1914 (erschienen bei Breitkopf und Härtel in Leipzig) erhältlich, er hat sie über das »Celler Versandantiquariat« zum Preis von 26 Euro bezogen. Ursprünglich hat der dreiundachtzig Seiten starke geheftete Pappband fünfzig Pfennige gekostet, genauso viel wie die bekanntere Schrift Wagners *Das Judentum in der Musik – Aufklärung über das Judentum.*

Stein hat nicht nur mit Wagners Stil Mühe, sondern auch mit der altdeutschen Frakturschrift. Ihm fällt sofort der leicht gekränkt wirkende Ton auf. Der Text ist eine einzige Klage über schlechte Dirigenten, unfähige Komponisten und bösartige Kritiker. Wagner lamentiert darüber, dass Rheingold sich bei einem Dirigenten »auf drei Stunden ausdehnte« (was er nur aus der Augsburger Allgemeinen Zeitung weiß), wo das Stück unter der Leitung eines anderen, von ihm »persönlich angeleiteten« Kollegen doch nur zweieinhalb Stunden ausgefüllt hatte. Vermutlich wird Maria sich daran halten. Stein wird auf die Uhr sehen.

Wagner lästert über eine neue Dirigentengeneration, deren »Gebildetheit« er im schroffen Widerspruch zur robusten deutschen Handwerkskunst sieht, die offenbar mit weniger Bildung auskommt. Das deutsche Handwerk muss Juden selbstverständlich fremd bleiben. Deshalb kann auch Mendelssohn nichts taugen, dem Wagner aber ein Thema für das Rheingoldvorspiel gestohlen hat. Nein, Stein braucht nicht lange zu blättern, um auf einerseits befürchtete, andererseits erwartete Stellen zu stoßen. Dem Kritiker Joachim unterstellt Wagner vermutlich nur deshalb, einen »neuen Messias« für die Musik zu erwarten, weil er einen Grund für die folgende dümmliche Bemerkung braucht: »Sollte es ihm selbst begegnen, der Messias zu sein, wenigstens dürfte er dann hoffen, von den Juden nicht gekreuzigt zu werden!« Um wie viele trostlose Ecken herum muss der deutscheste aller Meister denken, um diese Pointe zu finden! Sich selbst hält er zweifellos für den Messias der Musik, leider verkannt, was bei Messiassen zu Lebzeiten gerne einmal vorkommt. Verkannt nicht bloß als Komponist, sondern auch als Dirigent. Alle anderen nudeln die herrlichste Musik so trivial wie behäbig herunter, nur er selbst ist kühn genug, aus den Noten herauszuholen, wofür der Rest der Branche blind ist und taub bleibt.

Stein will die heutige Orchesterprobe verhältnismäßig heiter und gelassen erscheinen, Maria entspannter und besser gelaunt. Sie zeigt sogar ihr komisches Talent. Wann immer das Orchester eine Stelle, eine Figur, und sei es die einer scheinbar nebensächlichen Begleitstimme, ein wenig nachlässig darbietet, versteht sie es, das fehlerhaft oder gedankenlos Heruntergespielte singend zu parodieren, dann aber auch mit treffendem Ausdruck darzustellen. Und schon fasst das Orchester richtig auf, schon klingt die Stelle unerhört anders, zeigt geschärfte Kanten, Kontraste, Effekte. Stein bewundert Marias unbestechliches Gehör und die Genauigkeit ihrer Korrekturen. Diese Perfektion! Der so abgegriffene Ausdruck kommt ihm passend vor.

Das sagt er ihr nach der Probe.

Darauf sie: Vergessen Sie das Geschwätz über vermeintliche Perfektionisten. Es gibt kein perfektes Orchester, keinen perfekten Sänger, keine perfekte Aufführung, und selbst das Beste ist nur weniger misslungen. Dirigenten haben die Aufgabe, Fehler vorauszuahnen, Fehlern vorzubeugen, sie tun es mehr oder weniger effizient. Diese Partitur, sehen Sie, ist voller Warnzeichen. Hier tendiert der Tenor zum Schleppen, dort der Sopran zum Davoneilen, da wiederum könnte die Solo-Oboe ihren Einsatz verpassen. Achtung! Achtung! Ich schlage von einem Ausrufezeichen zum anderen.

So ausführlich hat Maria mit Stein noch nie über ihren Beruf gesprochen.

Ob das bedeute, ein Werk beim Dirigieren niemals unbeschwert genießen zu können?

Ja, sagt Maria, selten. Eigentlich nur, wenn ich es nicht aufführe. Auch dann bleibt nicht viel übrig, was ich akzeptieren kann. Vor allem alte Aufnahmen. Don Giovanni unter Bruno Walter mit Ezio Pinza life an der Met 1942.

Den hat Stein in Salzburg dirigiert. Er nimmt es als Zeichen.

Oder Lucia di Lammermoor mit der Callas und Di Stefano unter Karajan, der Berliner Mitschnitt von 1955. Am besten im Cabrio.

Dann lassen Sie es uns ausprobieren! So schnell wie möglich.

Es wird bald Winter. Das Dach muss schon auf sein.

Fahren wir einfach dorthin, wo es auf sein kann! Dubai, Florida.

Passen Sie auf, Herr Stein, gleich trägt es Sie aus der Kurve.

Dazu ihr Tigerlächeln.

Stein neigt nicht zum Erröten. An dieser Stelle errötet er innerlich. Er hält diesem Lächeln nicht stand. Bevor er sich das Unvorstellbare vorstellen mag, soll sie, bitte, wenigstens sein Regiekonzept wahrnehmen. Das wäre doch ein angemessener erster Schritt. Soll er sie daran erinnern? Bloß wie?

Schwer sei es nicht, dem Ring einen politischen Anstrich zu geben, sagt er unvermittelt. Egal, ob man das Spiel auf der Bühne mit dem Islam in Verbindung bringe oder mit der wilhelminischen Romantik. Was aber bedeutet es für die Musik? Dass sie nicht plötzlich orientalisch klingen kann, versteht sich von selbst. Ob Musik überhaupt politische Ideen ausdrücken kann? Oder am

Ende immer nur einfache, wenn auch tiefe menschliche Empfindungen? Alberichs wahre Sehnsucht nach Liebe? Alberichs Zorn? Alberichs Gedemütigtsein? Ist Musik nicht sui generis das Gegenteil von Politik?

Wieder ihr Lächeln, nicht mehr ganz so tigerhaft, eher ein wenig spöttisch. Sie könnte ihm jetzt gewiss einen Vortrag halten über die Dialektik von musikalischer und szenischer Interpretation, gewürzt mit ein paar saftigen Anekdoten über Dirigenten, die unsterbliche Musik heldenmütig vor größenwahnsinnigen Regisseuren schützen. Aber will sie das? Ist es das, was er will?

Ja, denn Stein will akzeptiert werden, mehr sein in ihren Augen als einer dieser gewöhnlichen Opernaficionados, deren hohles, besserwisserisches Geschwätz an den Pausenbuffets leider unüberhörbar ist. Die immer genau zu wissen meinen, was sich auf der Bühne gehört, und was nicht. Regisseure, die ihre Arbeit ernst nehmen, ignorieren solche Anhängerschaft. Aber zu der gehört er doch nicht!

Er erwähnt den Missbrauch von Wagners Opern. Die Nazis in Bayreuth und anderswo mögen aus Alberich einen lüsternen Juden gemacht haben. Womöglich hat Wagner, der Dichter, wenn man so will, seine eigene Musik missbraucht. Und jetzt: Darf nicht auch Maria sich und die Musik missbraucht fühlen, wenn Wotan als islamischer Gott auftritt?

Das müssen Sie mir erklären, könnte Maria jetzt sagen. Stein hofft es. Aber sie schaut ihn bloß fragend an, runzelt die Stirn.

Wer ist Alberich? Ein gestürzter Gott? Eine Ausgeburt des Bösen? Oder bloß ein böse verlachter, liebender Mann?

Ja, stimmt sie zu, so wird es wohl sein.

Stein kann und will es nicht länger für sich behalten, dass dies, wer wollte daran noch zweifeln, eine Erfolgsgeschichte ist. Dabei hat sie gerade erst begonnen. Er zögert nicht, das Wort »Beziehung« zu verwenden. Es ist eine Beziehung.

Aber unverbindlich, sagt Franz am Telefon.

Was kann ein befreundeter Therapeut und therapierender Freund anderes sagen? Er will Stein doch nur vor Illusionen warnen. Genau das tut Franz.

Selbstverständlich widerspricht Stein. Ihre Unverbindlichkeit hat diese Beziehung längst verloren. Wenn du willst: ihre Unschuld.

Franz sagt: Das hört sich doch alles sehr schön an und voller Hoffnung.

Als Hoffnungsbeweis erzählt Stein von dem Konzept, das er für Maria geschrieben hat. Das Wotan-Wilhelm-Konzept. Eiserne Romantik mit Marine-Kitsch als Mittel ironischer Brechung.

Dein Wolkenkuckucks-Wagner, sagt Franz.

Ein guter Therapeut würde das anders formulieren. Wenn Franz ihn nicht ernst nehmen kann, ist es besser, Stein verzichtet auf anschauliche Einzelheiten.

Er wolle ihn damit am Telefon auch nicht langweilen, sagt er. Aber natürlich diskutieren wir das Stück. Es geht um Liebe und Macht. Sie interessiert sich mehr für die Macht, ich mehr für die Liebe.

Dann passt ja mal wieder alles zusammen, sagt Franz. Wie hat sie denn auf dein Konzept reagiert?

Dass sie noch nicht einmal zu erkennen gegeben hat, ob sie es überhaupt zur Kenntnis nahm, will Stein jetzt nicht gestehen.

Im Augenblick habe Maria mehr als genug mit der wirklichen Rheingold-Produktion zu tun, sagt er, dem SS-Rheingold. Wie könnte er ihr das übelnehmen?

Dein Rheingold-Konzept ist ein Liebesbeweis, sagt Franz. Sogar ein doppelter. Du zeigst, wie sehr du dich in ihre Welt hineinversetzt, und welch unausgelebte Talente in dir stecken. Also Glückwunsch!

Ich dilettiere nur, sagt Stein.

Sag das nicht, sagt Franz.

Und wenn er recht hätte? Stein malt sich seit Tagen in kühnen Träumen ein Leben mit Maria. Sie an der Met. Sie an der Scala. Sie in Salzburg. Er immer in nächster Nähe, als Sekretär, als Stütze, als Schild. Es wäre eine Perspektive. Was die Kunst von Marias Leben übrig ließe, wäre sein Lohn, wäre genug, wäre mehr, als er benötigte, vielleicht sogar mehr, als er verkraften könnte.

Sie muss doch spüren, wie er sich in die Materie hineinschafft für sie. Abgesehen davon ist sein Regiekonzept keine überflüssige Fleißarbeit und steht weiß Gott auf soliderem Fundament als das lächerliche Muselmanen-Walhall. Was nur beweist: Stein ist wieder da! Das Trauma seines Sturzes taucht zwar immer wieder auf, doch tut es nicht mehr weh. Vollständig zu bannen ist die Leere natürlich nicht, die mit einem Mal aufriss, als alles vorüber war, die letzte Unterschriftenmappe erledigt, die letzte Sitzung geschlossen, die letzten Getreuen verabschiedet. Als das abgrundtiefe Gefühl sich einstellte, überflüssig geworden zu sein. Als der Wert der Gegenwart gegen Null sank, der Wert der Vergangenheit plötzlich gegen Unendlich tendierte. Die Zukunft hatte das Vorzeichen gewechselt, von Plus nach Minus. Die Zukunft war bloß noch ein Defizit. So eine Zukunft ist ein Blick in die Hölle.

Aber so eine Zukunft ist jetzt ja Vergangenheit.

Ich spüre, dass sie mich braucht, sagt Stein.

Einer Situation wie die, in die sie mit dieser Inszenierung nun zu geraten drohe, müsse eine Künstlerin nicht gewachsen sein. Wenn er ihr da mit seiner Erfahrung hindurchhelfen könne, wäre sein Sichverschwenden an die Politik noch zu etwas gut gewesen. Wenn er überhaupt etwas beherrsche, dann doch solche Situationen. Sein Krisenmanagement kann sich sehen lassen, wenn es darauf ankommt.

Du meinst, ohne dich ist sie hilflos, fasst Franz zusammen.

Für einen Augenblick ist sich Stein nicht sicher, ob er verhöhnt wird. Er versucht, Franz zu erklären, wie unendlich viel von dieser Produktion für Maria abhängt. Sie werde zwischen Penk und van Bloomweghe zerrieben.

Penk?

Holm Penk: hasengesichtiger Hausherr, Behördenchef, künstlerischer Leiter, der große Ermöglicher, wie er von sich selbst behaupte, der große Verunmöglicher, wie Maria ihn erlebe. Der sich für einen Weltklasseregisseur halte, es zu seinem und der Lindenoper Glück jedoch selten zeige. Van Bloomweghes Unterling.

Jonas van Bloomweghe: Staatskapellmeister auf Lebenszeit, Welt-Humanist, aufgeklärter Despot. Seine Bayreuther Ring-Einspielung gelte als Matterhorn der Wagner-Diskographie. Wenn Stein es richtig verstehe, habe Maria nichts Geringeres im Sinn, als den Meister zu widerlegen. Wäre der jetzt in Berlin statt in New York, würde Penk es nicht wagen, der von ihm eingesetzten Dirigentin anders zu begegnen als hilfreich. Und wäre van Bloomweghe zur Stelle, würde Wotan binnen weniger Minuten vom Islam abfallen, beziehungsweise Sigmar Schmid, der Regisseur, den sie SS nennen, von seinem Glauben an die schrankenlose künstlerische Freiheit an der Staatsoper.

Im *Hotel de Rome*, am Bebelplatz, unmittelbar neben der Oper, sind sie verabredet. Stein wartet auf einem der vier schwarzen Riesensofas in der Halle, über denen jeweils ein Mond schwebt, groß genug, einen Elefanten darauf tanzen zu lassen. Im Zentrum der Installation ein quadratischer Altar, auf dem Dutzende roter Grablichter brennen. Er hat das Portal im Auge, flankiert von krapplackroten, mannshohen Urnen.

Man möchte sich nach dem Sarkophag Mussolinis erkundigen, sagt Stein, als er Maria die Hand reicht. Setzen wir uns lieber an die Bar.

Von dort sehen sie hinaus auf den menschenleeren Platz. Rechts die Oper, links ein barockes Palais, das als Universitätsbibliothek dient und Maria bekannt vorkommt.

Eine Kopie, sagt Stein. Das Original steht natürlich in Wien.

Sie bestellt ein Glas Riesling, er schließt sich an, obwohl er lieber Roten trinkt.

Es ist lange her, dass er mit einer Angebeteten an einer Bar gesessen hat. Soll er ihr das jetzt gestehen?

Er zieht eine halbwegs harmlose Frage vor. Wenn sie will, kann sie sie als Kompliment verstehen.

Warum es so wenige junge Dirigenten gebe?

Sie erklärt es ihm. Große Musiker üben auf ihrem Instrument schon als Kind jeden Tag. Wer Dirigent werden will, braucht auch ein Instrument, also ein Orchester. Das hat er nicht. Also studiert der künftige Dirigent Partituren, schaut erfahrenen Pultvirtuosen zu, zeigt seinen Taktstock zur Not einem Pianisten. Sehr unbefriedigend. Jorma Panula hat ihr geraten, Streichquartette zu dirigieren. Besser als nichts, aber auch nicht viel mehr. Die Aspiranten wissen nicht einmal, ob sie das Zeug zum Orchesterleiter mitbringen. Man kann es nicht lernen. Mariss Jansons hat sie damit vertröstet, sie werde schon noch erfahren, ob sie eine Dirigentin sei oder nicht, sobald sie vor einem Orchester stehe. Wie beruhigend!

Haben Sie gleich gewusst, dass Sie Dirigentin sind?

Manchmal weiß ich es heute noch nicht.

Aber wenn man es dann ist, hält dirigieren jung, sagt er.

Stimmt, sagt sie. Wir haben die zweithöchste Lebenserwartung. Nur Ordensleute halten sich im Schnitt noch länger.

Alte Dirigenten. Man kennt sie. Gebrechliche, die vor Energie bersten.

Sie werden noch als Greisin auf dem Podium herumtänzeln, sagt er ihr voraus, Blitze schleudern und Feuer entfachen mit nichts als Ihren Händen.

So stellen Sie sich das also vor?

Maria mit siebzig: Ihre Schönheit wird man ihr noch ansehen. Niemals wird sie das maskenhafte Gesicht einer Frau zeigen, die den Kampf gegen den Verfall verloren hat und es sich nicht eingestehen will.

Mit einer Dirigentin alt werden, muss ein beneidenswertes Privileg sein, sagt er.

Sie lacht. Sie sind vielleicht optimistisch.

Danke, dass Sie nicht naiv gesagt haben.

Das habe ich nur gedacht, sagt sie.

Wäre er Dirigent, stünde er also erst am Anfang seiner besten Zeit. In jedem anderen Beruf muss man sich in seinem Alter an den Gedanken gewöhnen, aussortiert zu werden.

Stein hebt das Glas. Auf ein langes Leben! Nach Ihren Maßstäben sind Sie sozusagen erst Mitte zwanzig.

Sie gefallen mir, sagt sie.

Darauf gehen ihm die Worte aus. Sie sagt auch nichts mehr.

In der Not fällt ihm keine bessere Frage ein als die, wie man sich das vorstellen müsse: Macht zu haben über einen Klangkörper.

Macht?

Das, wovon Politiker meistens nur reden. Die Macht, etwas möglichst kompromissfrei durchzusetzen.

Marias Tigerlächeln ist plötzlich wieder da.

Aber Herr Stein! Ich sortiere doch nur Luft. Ist das in der Politik wirklich so ganz anders?

Vollkommen anders.

Jetzt muss Stein ihr erklären, was ein Dirigent ist, beziehungsweise, was er sich unter einem Orchesterbeherrscher vorstellt. Der Instrumentalist empfinde die Macht des Maestro eben keineswegs als Unfreiheit. Er unterwerfe sich ihm aus freien Stücken und niemals blind. Das sei der Unterschied zur Politik.

Auch Stein weiß, dass das allenfalls die halbe Wahrheit sein kann. Geben und Nehmen zum eigenen Besten ist ein allgemeines Prinzip.

Aber, fügt er deshalb hinzu: In der Musik dient der sich Anpassende der Kunst. Nur der Kunst.

Sie sind ein Phantast, sagt sie.

Aber wie machen Sie das? Wie bewegen Sie erstklassige Könner dazu, genau so zu spielen, wie Sie es wollen?

Ich höre einfach nicht auf, bis ich bekomme, was ich will.

Dann brauchen Sie eine genaue Vorstellung davon, was Sie wollen.

Ich habe eine Idee davon, wie es klingen soll.

Sehen Sie! Allein das unterscheidet Sie von der Kanzlerin.

Aber manchmal überrascht es mich, dass etwas ganz anders klingt, als ich es mir vorstelle.

Was dann?

Dann muss ich meine Vorstellung der Wirklichkeit anpassen. Genau wie Ihre Kanzlerin.

Wenn Sie das dauernd täten, würde das Orchester Sie nicht mehr ernst nehmen.

Vorausgesetzt, es merkt es überhaupt.

Und wenn ein Orchester Sie nicht mag?

Sicher gäbe es Gründe dafür.

Stein stellt sich vor, wie Maria den ersten Ton des Vorspiels aus dem Unhörbaren, aus dem Nichts hervorlockt. Ein magischer Moment, ein Schöpfungsakt.

Wovon träumen Sie gerade?

Vom Vorspiel, sagt Stein. Er stockt, als ihm die Bedeutung des Wortes klar wird.

Sie denken also an das Vorspiel, sagt sie.

Der Rheingold-Kenner in Stein ist allerdings nicht in Verlegenheit zu bringen. Die La-Spezia-Episode, Wagners Trance nach langer Wanderung, die von ihm ausführlich geschilderte plötzliche Empfindung, in brausenden Wogen zu versinken, den Es-Dur-Akkord des Vorspiels im Ohr. Das erwähnt er nun.

Also doch Hardcore, sagt sie.

Erneut so eine Wortwahl. Zufall?

Sie sind auch so ein Hardcore-Wagnerianer!

Alles andere als das, sagt Stein. Es würde ihn nur interessieren, ob so eine Heiligenlegende für die Interpretation von irgendeiner Bedeutung sei.

Heiligenlegende! Bloß nicht. Solche Wagner-Mythen sind das Produkt eines größenwahnsinnigen PR-Genies.

Stein genügt die Antwort nicht.

Wie legen Sie das Vorspiel an? Als Trance oder als naturalistische Tonmalerei?

Theorie. Feuilletongeschwätz. Ich finde meinen Ton. Basta. Alles Weitere spielt sich in den Köpfen der Zuschauer ab. Mögen sie von La Spezia träumen wie Katholiken von Lourdes, ich glaube nicht an Wunder. Musik besteht aus Schwingungen der Luft. That's it!

Stein hätte Lust, zu widersprechen. Nicht, weil er unbedingt anderer Meinung wäre als sie oder sich gar anmaßte, mehr davon zu verstehen. Er, der dabei ist, als Bensson-Verehrer seine Wagner-Verachtung zu verlieren, will sich seinen Glauben an die höhere Macht der Musik nicht nehmen lassen.

Der Mythos, sagt er, ist die Quelle jeglicher Kunst.

Ich fürchte, sagt sie, das Irrationale spielt eher in der Politik eine unangemessene Rolle. Ich habe die Aufgabe, hunderttausend einzelne Noten zum Klingen zu bringen. Was helfen da Wagners Wunder?

Will sie ihn nicht verstehen, oder tut sie nur so, als könne sie es nicht? Dass sie hier zusammensitzen, ist auch eine Art Wunder, denkt er.

Barhocker an Barhocker berühren sie sich beinahe, und er muss seine Hand zügeln, damit sie nicht aus Versehen gleich noch einmal ihr Knie streift, was sie nicht erschreckt hat, ihn noch nicht einmal erkennen ließ, ob es ihr unangenehm gewesen sein könnte. Aber auch nach dem zweiten Glas Wein kommt sie ihm nicht einen Zentimeter näher.

Stein redet wieder über das, was ihr keinen Grund gibt, ihm auszuweichen. Dänische Mohammed-Karikaturen, der holländische Theo-van-Gogh-Film, der Neuenfels-Idomeneo, Bedrohung, Aufruhr, Mord. Da kennt er sich aus.

Er kann einen kleinen, kompakten Vortrag halten über die Perversion der Toleranz in seinem Land, in dem noch die intoleranteste Religion besser geschützt werde als die Freiheit der Religionsverächter.

Wir werden es ja sehen, sagt sie und wirkt bewundernswert furchtlos.

Aber Steins brennendere Sorge ist dann doch eine andere. Wie es sein kann, dass sie ihn, den sie begehrenden Mann, so gar nicht zur Kenntnis nehmen will.

Stein wacht auf, ohne sofort an Christina denken zu müssen. Genauer: Er wacht auf, und das Erste, was er denkt, ist, ich wache auf und denke an Maria statt an Christina Böckler. Er denkt also noch immer an Christina, nur anders. Aber schon das ist eine Sensation. Christina ist nicht mehr der Dorn, auf dem er kreist. Sie ist nur noch der dunkle Hintergrund, vor dem Maria in sein Leben getreten ist und nun in ihm herumspaziert.

Leilah, ma chérie,
erinnerst du dich an Jill Masterson? Das Girl aus Goldfinger mit der appetitlichen Glasur. So sehen meine Rheintöchter aus. Sind das personifizierte Rheingold. (Du musst sie dir ansehen!) Haben tolle Figuren. Auch Stimmen, die einiges versprechen. Man braucht für diese Partien leichte, lyrische, zugleich strahlende Stimmen. »Rheingold, Rheingold! Leuchtende Lust!« Wenn die erste Szene nicht sitzt, ist schnell das Ganze verdorben. Was nützen wonniglich-güldene Wundertitten, wenn Woglinde wackelt! Sie packt es ums Verrecken nicht. Knöpfte sie mir in einer Korrepetition vor. Ergebnis: Bestehe darauf, Woglinde umzubesetzen. Sie wird nicht singen, nur über meine Leiche! Darauf Penk: Wäre Ihnen das lieber?
Wie gefällt dir dieser Ton? Der Studienleiter, ein Weichei, verspricht, Woglinde bis zur Premiere noch hinzukriegen. Die Sängerin, die Fricka covert, seit dreitausend Jahren am Haus ist und so etwas wie eine Ensemblesprecherin, unterstellt mir, Woglinde aus persönlichen Gründen abzulehnen. Das geht gar nicht. Sie meint natürlich nicht »persönlich«, sondern »politisch«. Wackel-Woglinde mault nämlich am Regiekonzept herum. Aber da ist sie ist ja nicht die Einzige.
Pass auf! Einen echten Verehrer habe ich. Kann sich vorstellen, mit mir alt zu werden, weil er von alten Dirigentinnen schwärmt. Noch mehr allerdings von jungen. Ja, ich habe auch gelacht. Er hat überhaupt komische Vorstellungen von meinem Beruf, vergleicht ihn dauernd mit dem seiner früheren Chefin (keiner Geringeren als Christina Böckler), auf die er irgendwie fixiert scheint. Richtig! Es ist mein Politiker. Nicht unsympathisch. Gespannt, wie das jetzt weitergeht. (Nicht mit ihm,

sweetheart.) Allmählich müsste es sich nämlich herumsprechen, dass wir dabei sind, es uns mit Wagnerianern und Islamisten gleichzeitig zu verderben.
So viel zwischendurch.
MP

Sie wolle in der Nähe bleiben, erschlagen wie sie sei.

Also bittet er sie ins Bocca di Bacco, keine zwei Minuten von ihrem Hotel entfernt. Als Minister ist Stein häufiger hier gesehen worden. Aber auch echte Prominente frequentieren es. Tom Cruise, als er den Grafen Stauffenberg mimte. Damit, glaubt Stein, kann er bei ihr punkten.

Sie habe nur eine Bitte, sagt Maria, kaum haben sie Platz genommen. Reden wir nicht über Wagner, nicht über Oper, nicht übers Dirigieren.

Reden wir also über uns, sagt Stein.

Ja, sagt Maria, reden wir mal über Sie. Erzählen Sie mir von Ihrer Kanzlerin. Wie ist sie so als Chefin, als Mensch?

Sie ist, wie sie ist.

Es ist nicht der Ton, der ihm jetzt zur Verfügung stehen sollte. Sie muss nicht gleich mit dem ersten Satz spüren, dass er die Böckler hasst, wie er noch nie einen Menschen gehasst hat.

Was macht sie so erfolgreich?

Stein würde gern davon abraten, Christina für erfolgreich zu halten, schon gar für *so* erfolgreich, und er könnte es detailliert begründen. Nur wären seine Ausführungen womöglich etwas zu kompliziert für den Anfang eines

Abends, der einem Höhepunkt seines Lebens zustreben soll. Es bleibt ihm dennoch nicht erspart, jetzt etwas zum Bild dieser Person beizutragen, etwas, das nicht in jeder Postille zu finden ist, etwas, das seine besondere Beziehung zu Christina Böckler beglaubigen kann und doch zugleich zweischneidig genug klingt, um als kritische Sympathiebekundung zu gelten. Christinas Erfolg, sagt Stein, beruhe weder auf politischer Leistung noch auf Charakterstärke.

Maria schaut, als habe er sich einer entlegenen Fremdsprache bedient.

Alle Welt hält sie für großartig. Verraten Sie mir ihr Geheimnis!

Sie hat sich geschickter angepasst als jeder andere, sagt er.

Erklären Sie mir das bitte genauer!

Ich meine, dass sie denen hinterherläuft, die ihr hinterherlaufen. Die Führerin folgt den Geführten, die wiederum glauben, geführt zu werden. So laufen alle im Kreis herum. Das sieht nach Bewegung aus, ist jedoch Stillstand, der für Bewegung gehalten wird. Im Zentrum des Kreises herrscht absolute Stille. Wir werden beherrscht von der Achse der Stille. Christina nennt es *Mitte*. Mitte bedeutet in der Politik *alles*. Diese Mitte ist ihr Gott.

Ist mir zu hoch, sagt Maria.

Christina akzeptiert ihre Ohnmacht und erklärt ihr Versagen zu Regierungskunst. Denn sie liebt nicht die Macht, sondern das Amt. Aus diesem Bescheiden bezieht sie ihre Kraft. Sie ist ein Paradox.

Das funktioniert?

Indem sie ihr Amt sichert, schützt sie die Ämter und Mandate ihrer Vasallen. Ein Prinzip, das so lange bestehen kann, solange die Wähler mitspielen.

Sie spielen mit, wie man weiß.

Ob es Stein gelingt, als Christina-Erklärer zu gefallen? Einen anderen Stein nimmt Maria ja bisher leider kaum zur Kenntnis.

Schauen Sie, sagt er. Ein Spitzenorchester kann nur die Besten gebrauchen, niemand würde das bezweifeln. Auch für die Regierung wären die Besten gerade gut genug. Die Besten aber will Christina nicht, und sie bekommt sie auch nicht. Weshalb? Weil ihr die Besten als gefährlich gelten. Den Besten ist die Sache wichtiger als Gefolgschaft, deshalb werden sie von ihr nicht für bedingungslos loyal gehalten. Indem Christina die Mitte beschwört, beschwört sie die Mittelmäßigkeit. Die Mittelmäßigen stehen nicht im Verdacht, Außergewöhnliches zu leisten, man ist schon froh, wenn sie keine außergewöhnlichen Dummheiten machen.

Versteht sie, dass er von sich selbst erzählt, sein Scheitern als Überlegenheit deutet?

Maria geht gar nicht auf seine Ansichten ein. Er weiß nicht, wie er noch fortfahren soll. Das Stimmengemisch im Lokal ist zu hören und lauwarme Musik.

Stört Sie Hintergrundmusik? Sie, die Sie gewohnt sind, ganz genau hinzuhören, müssen diese Berieselung hassen.

Ich höre gar nicht hin, sagt sie. Klassische Musik würde mich vielleicht stören.

Die Seezungengräten verlangen eine gewisse Aufmerksamkeit. Man könnte auch über das Essen reden, doch macht Maria nicht den Eindruck, es sei ihr wichtig, was sie sich in den Mund gabelt.

Er weiß nicht, weshalb er ihr jetzt schon wieder imponieren muss, er kann es jedenfalls nicht lassen, und ein Begriff darf jetzt nicht länger vermieden sein: das gute, alte Leitmotiv. Jeder blutige Amateur kennt es. Werdemotiv, Wellenmotiv, Walhallmotiv, Liebesmotiv, Liebesentsagungsmotiv, Ringmotiv etc., etc., darüber hinaus mindestens ein Motiv für jede Person der Handlung.

Sie sieht ihn an, als habe sich gerade eine Gräte in ihrem Hals verhakt.

Er verstummt.

Ihr »Bitte!« klingt weniger nach der Aufforderung, fortzufahren, als nach einem »Da haben wir den Salat, das also auch noch«.

Habe ich gerade etwas Dummes gesagt?

Selbstverständlich.

Tigerlächeln.

Hören Sie, sagt sie, all diese Leitmotive klimpern wie Garderobemarken in Ihrer Tasche. Die sind nur dazu da, die alten Klamotten an den richtigen Stellen wiederzufinden. Als würde man sich ohne sie in Wagners Stücken verirren. Werfen Sie den Kram in den Müll!

Stein wagt einen Einspruch.

Aber es gibt ganze Bibliotheken von Büchern, die sich mit nichts anderem beschäftigen als mit Wagners Leitmotiven.

Aus dem dämlichen Bedürfnis heraus, alles zu erklären. Die Kirche der Wagnerianer betreibt Leitmotivexegese. Auch wieder so ein Wagner'scher PR-Trick, auf den seine Jünger bis heute hereinfallen. Die sehen vor lauter Bäumen den Wald nicht mehr. Falls Sie sich mal wirklich mit der Partitur beschäftigen sollten, würden Sie feststellen, dass all die berühmten Motive flüssige Elemente sind. Der Meister hatte eine Aversion gegen alles Fertige. Das Erstaunlichste an dieser Musik ist der Impuls, die permanente Bewegung, der ununterbrochene Übergang.

Stein ist durchaus nicht anderer Ansicht.

Ja, sagt er, ja, ja, ja. Nehmen wir doch zum Beispiel den Übergang von der ersten zur zweiten Szene. Da geht das Ringmotiv so raffiniert ins Walhallmotiv über, dass man nicht sagen kann, wo das eine aufhört und das andere anfängt.

Kapiert!, sagt sie.

Thema beendet. Und wieder fürchtet Stein, das Gespräch könne nicht wieder in Schwung kommen. Der Impuls ist ihm abhandengekommen. Er hat eben nur ein einziges Leitmotiv. Es sitzt ihm spöttisch lächelnd gegenüber.

Ich muss Ihnen etwas gestehen, sagt sie.

Ein Geständnis wäre das Größte überhaupt.

Ein Geheimnis, Sie sollten es für sich behalten.

Sie ist kurz davor, ein Geheimnis mit ihm zu teilen! So wie der Abend bisher gelaufen ist, hätte er das nicht zu hoffen gewagt.

Sie sagt: Eigentlich liebe ich sie gar nicht.

Uneigentlich geliebt zu werden, würde ihm völlig genügen.

Ist auch gar nicht nötig, sagt er.

In seinem Hals zieht sich etwas zusammen.

Die Oper. Ich liebe sie nicht wirklich. Sagt sie.

Er muss sie sehr entgeistert ansehen.

Lieben Sie etwa die Politik? Bitte! Ich liebe eben die Oper nicht, obwohl ich von ihr lebe. Ich mag meinen Beruf, aber nicht die Oper.

Stein versteht nichts.

Aber plappern Sie es bloß nicht weiter! Das ist jetzt unser kleines Geheimnis.

Und warum lieben Sie die Oper nicht?

Gibt es eine trostlosere Gesellschaft als die von Opernliebhabern? Verstehen Sie mich?

Stein liebt die Oper. Es allerdings in diesem Augenblick zu bekennen könnte ein Fehler sein. Oder will sie ihn bloß provozieren? Bedeutet sie ihm, dass er seine Zeit sinnvoller verschwenden soll? Oder ist es ein Wink, dass sie mit ihm eigentlich nichts anfangen kann. Weil er Opernliebhaber ist.

Ihnen geht es natürlich nicht um die Oper, sondern um mich, sagt sie.

Als ob sie seine Verwirrung ahnte! Jetzt kann er leicht noch einen Fehler machen, den größten Fehler überhaupt, den Fehler, das von ihr Ausgesprochene nicht anzunehmen. Genau diesen Fehler macht er.

Er sagt zwar: Jetzt haben Sie mich ertappt. Mehr aber bringt er nicht heraus. Mehr nicht. Nicht jetzt.

Sie will kein Dessert, auch keinen Kaffee. Er zahlt. Sie sieht ihm dabei lächelnd zu und schweigt.

Besten Dank, Jakob Stein.

Auf der Straße verabschieden sie sich. Sie haucht ihm einen Kuss auf den Mund. So sachlich, wie ein Kuss überhaupt sachlich sein kann. Nachdruckslos. Da war nichts in ihm enthalten, was sich wie eine Aufforderung hätte anfühlen können, die Lippen zu öffnen, obwohl ein Kuss auf den Mund so ein Versprechen eigentlich einschließt.

Maria dankt. Für den Wein. Für das Essen.

Schlafen Sie gut, Jakob, sagt sie.

Fasolts mächtiger Bass kann nicht aufhören, sich über die Götter zu beklagen. *Die ihr durch Schönheit herrscht!* Soll das ein Vorwurf sein? Könnte Göttern nichts Schlimmeres vorgeworfen werden als das? Durch Schönheit beherrscht werden! Welch schöne Vorstellung. Zu schön, um wahr zu sein. Hinter Steins Liebe zur Musik steckt der heimliche Wunsch, von Schönheit beherrscht zu sein. Es ist ihm sonnenklar, was in Rheingold geschieht. Weil das Göttergeschlecht *nach Türmen von Stein* strebt, Schönheit also eintauscht gegen Besitz, muss es untergehen.

Fafner, der zweite Riese, der mit dem helleren Bass, hat bisher meist mürrisch geschwiegen. Jetzt unterbricht er den wütenden Bruder. Er plädiert für Gewalt, will Freia *entführen.* Ein gewisses hormonelles Interesse an dieser Lösung scheint nahezuliegen.

Ausgerechnet mit ihm aber, dem gröbsten Klotz, geschieht hier Wundersames. Unversehens verändert die

Musik den Charakter. Fafner kommt ein Liedchen über die Lippen. Ein Liedchen, seltsam zart, es könnte ein Liebesliedchen sein. *Goldne Äpfel wachsen in ihrem Garten; sie allein weiß die Äpfel zu pflegen.* Eine Melodie, die Wagner so frei entfaltet, als gäbe er einer streng gehüteten, unterdrückten Liebe zur großen Arie nach. Der Sänger scheint diese Liebe zu teilen. Wollüstig lässt er seine Stimme strömen.

Maria aber unterbricht.

Zu schön, Rolf, gib dem Affen keinen Zucker! Bitte! Es ist ein Konversationsstück. Nicht zu viel singen! Alles wie ein großes Rezitativ. Die großen Gesten, sorry, kommen allein aus dem Orchestergraben. Wagner, nicht Schubert. Du wirst nur weich, damit es gleich darauf umso brutaler klingen kann. Schon ist es vorbei mit der Gemütlichkeit: *Drum sei sie entführt!*

Der Bass ist anderer Ansicht: Aber es ist meine schönste Stelle!

Ist es, Rolf. Es ist die schönste Stelle der ganzen Oper. Davon sind wir alle überzeugt.

Maria wartet mit ausdruckslosem Gesicht, bis das Gelächter der Götterschar verklungen ist.

Nach der Sitzprobe, dem ersten gemeinsamen Musizieren der Sänger mit dem Orchester, wird Maria umringt. Von Penk, den Stein für einen Schönling hält, weil alles an ihm eine Nuance zu gut sitzt, das gegelte Haar nicht weniger als der wie frisch gehauene Steinkohle glänzende Anzug. Auch die anderen erkennt Stein. Mühlenkamp, den gedrungenen Operndirektor, Hemmbach, den kahlköpfigen Studienleiter, einen Klarinettisten und einen Geiger, vermutlich Orchestervorstände.

Maria lässt die Herren gar nicht erst zu Wort kommen. Sie besteht auf zwei zusätzlichen, ihr vertraglich zugesicherten Orchesterproben. Daraufhin lässt Penk sich zu der Behauptung hinreißen, das Orchester habe den Eindruck, MP habe das Stück »nicht drauf«, wolle deshalb das Orchester »nachsitzen« lassen.

Stein, dessen Ohren die Herren offenbar nicht stören, bewundert Marias Gelassenheit. Sie sagt, Jonas van Bloomweghe habe entschieden, ihr diese Produktion zu überlassen. Deshalb wolle sie sich nicht damit begnügen, die Routine des Orchesters abzurufen. Es gehe um ihre Interpretation, ihre Lösung. Sie sei keine Einspringerin.

Wenn Sie das *Lösung* nennen wollen, sagt Penk.

Stein wäre im Stande, ihn die Faust spüren zu lassen.

Maria besteht weiter auf zwei zusätzlichen Proben.

Die Orchestervorstände schweigen. Alle schweigen. Man starrt sich an oder blickt zu Boden.

Maria: Wie können wir uns verständigen?

Penk dreht ab.

Sehen Sie!, sagt Maria zu Stein.

Leilah, ma chérie,

man will mich in Berlin für ein zickiges Greenhorn halten. Ich verlange nur, was ich fordern muss, will ich erfolgreich sein. Penk aber tut, als wolle ich ihm den Stöpsel aus der Wanne zie-

hen. Und weil ich schon einmal dabei bin, lege ich auch Wert darauf, das Orchester während der restlichen Proben in derselben Besetzung vor mir zu sehen. Dazu Penk: da spiele der Orchestervorstand nicht mit. Nicht einmal Jonas könne solche Forderungen durchsetzen (was nicht stimmt). Informierte auf der Stelle George, der sich um diese Unverschämtheit kümmern muss. Penk frech: Ich könnte gleich fordern, die drei Konzertmeister der Staatskapelle gleichzeitig in den Dienstplan einzutragen. Antwortete, dass dies natürlich optimal wäre.

Das ist noch nicht alles. Woglinde versucht noch immer, aus ihrer Unfähigkeit ein Politikum zu machen. Das Ensemble fast geschlossen gegen das Regiekonzept.

Es gab heute ein Meeting bei Penk. SS, die Dramaturgin, der Operndirektor, der technische Direktor, der Bühnenbildner, die Pressesprecherin und ich. Penk schlug lächerliche Änderungen vor. Seine Idee, Wotan, beziehungsweise Allah, umzudeuten zu Jahwe. Damit würde die »orientalische Anmutung« gewahrt. Kritik am Gott des Alten Testaments wäre auf einer deutschen Bühne provokant genug. SS sah mich flehentlich an. Mischte mich aber nicht ein.

Bei der Gelegenheit stellte sich übrigens heraus, dass weder SS noch Penk sich darüber im Klaren sind, ob eigentlich Allah oder Mohammed auf der Bühne stehen. Die Dramaturgin, der inzwischen das Ganze auch nicht mehr passt, gab zu bedenken, weder Jahwe noch Allah könnten mit Fricka verheiratet sein. Ein echtes Problem. Die Chefs monotheistischer Religionen lassen keine anderen Götter neben sich gelten, nicht einmal Ehefrauen. Man einigte sich darauf, Wotan zu degradieren.

Er soll jetzt nicht mehr Allah sein, sondern nur Mohammed, damit das mit Fricka in Ordnung geht. Wotan hat keinen Boss, Mohammed schon, sagte ich. Man will dieses Problem für vernachlässigbar halten. Die Pressesprecherin konnte sich den Hinweis nicht verkneifen, Mohammed würde sich mit Fricka allein wohl kaum begnügen. Man sollte meinen, nach diesem Brüller kriegte die Führungsriege der Staatsoper keine Luft mehr. Aber es lachte nur eine. Ich.
Es kam nicht gut an. SS ging dummerweise darauf ein. Er könne sich vorstellen, Mohammed einen Harem zu gönnen. Fricka, Freia plus Statisten. Zum Schreien! Mit Penks Jahwe-Idee wollte sich niemand mehr befassen. Er bestand weiter auf Änderungen, will z. B. nicht, dass Wotan einen Turban trägt. SS meinte, seinetwegen dürfe man Mohammed für einen Ölscheich halten, weil seine Inszenierung gar nicht den Islam attackiere, sondern den Kapitalismus. Die Dramaturgin sprang ihm bei. Für Ölscheichs wie für Götter gelte gleichermaßen: Was du bist, bist du nur durch Verträge. Der technische Direktor schlug vor, der Schriftzug »Gulf Oil« auf Walhall könne Missverständnisse vermeiden helfen. Auch damit wäre SS einverstanden. Penk forderte mich zu einer generellen Stellungnahme auf. Weigerte mich natürlich, pochte nur nochmals auf Umbesetzung Woglindes.
Kommen Sie mir nicht auch noch damit, fuhr Penk mich an. Es sieht nicht schlecht aus. Dieser Wotan kann ihm tatsächlich noch den Hals brechen.
Küsse.
MP

PS. Meine politischen Kontakte entwickeln sich gut. Stein scheint so etwas wie der strategische Kopf im Kanzleramt zu sein. Er kokettiert mit intellektueller Distanz zum Betrieb, besonders zur Bundeskanzlerin. Überflüssig. Wenigstens ist er kein Angeber. In seiner Position muß er ja wohl brillant sein. Umso mehr erstaunt, wie viel Zeit er für mich hat. Wobei mir nicht ganz klar ist, was er eigentlich anhimmelt, meinen unvergleichlichen Charme (erotische Ausstrahlung) oder doch bloß meinen Job? Niedlich seine Illusion, in der Welt der Kunst sei alles ganz anders als in der Politik. Was ich ihm erzähle, registriert er mit ungläubigen Augen.

Stein hat Post bekommen. Ein Päckchen im Format einer CD, er ahnt den Inhalt. Hastig reißt er die goldene Folie auf. Es ist aber nicht Das Rheingold, sondern Bebo & Cigala, Lágrimas Negras. Kubanische Musik, bitter-süß. Die Musik, die sie wirklich liebt. Zweifellos eine Botschaft.

Wie in den Gliedern brünstige Glut mir brennt und glüht …

Diese unerwartete Wendung der Geschichte muss er unverzüglich Franz berichten. Er will ihn am Telefon sprachlos erleben. Erst einmal vertraut er Franz die Geschichte des Taktstocks an, den die Böckler ihm zum Abschied übergezogen hat, der sich jetzt aber wie ein Wagner'sches Leitmotiv von einem Symbol der Demütigung in ein Symbol des Triumphes verwandelt. Sein Dirigieren ist bisher für den Freund ein Geheimnis gewesen. Stein hätte keine Hemmung gehabt, Potenzprobleme und andere Peinlichkeiten zu besprechen. Nur das Dirigieren hat er für noch intimer, für zu intim gehalten. Vor Maria würde er es jetzt noch verleugnen.

Du weißt, was mir die Böckler zum Abschied verehrt hat? Hab ich es nie erzählt? Da kannst du sehen, wie wenig mir das Ding wert gewesen ist. Einen Taktstock. Ja, einen echten Dirigentenstab. Nein, ich fuchtle damit nicht in der Luft herum, ich studiere das Rheingold.

Wenn es dich zufrieden macht!

Franz hält das neue Stadium von Steins Opernverrücktheit vermutlich für eine harmlose Schrulle. Es gibt Leute, die im Alter in Fundamentaltheologie promovieren oder theoretisch auf den Mars reisen. Warum sich nicht mit Schlagtechnik beschäftigen?

Zu den angenehmen Seiten von Franz zählt seit jeher, dass er manch kleine Absonderlichkeit kommentarlos respektiert. Es beruht auf Gegenseitigkeit. Stein will auch nicht wissen, wo Franz' Familienglück in Absturzgefahr gerät.

Sie geht mit mir die Partitur durch.

Aber nun soll er nachfragen. Und er tut es.

Sie?

Du würdest staunen, wer sie ist. Ein Pultstar. Du kennst sie.

Franz will den Namen wissen und wundert sich, dass Stein so einen Eiertanz veranstaltet. Der Name kommt ihm nicht über die Lippen, noch nicht. Er will sein Glück nicht beschreien.

Stein lädt Maria nach der Probe wieder in die Bar des Hotel de Rome ein.

Gut, sagt sie. Ich habe dir ohnehin etwas zu sagen.

So nebenbei duzt sie ihn zum ersten Mal. Stein hatte sich das als feierlichen Augenblick vorgestellt. Aber so nimmt sie ihm den Schritt über die Schwelle ab. Ohne Ankündigung duzt sie ihn, tut es einfach. Er taucht ein in die Bergseen ihrer Augen, um mit dem Schwung des frisch gekürten Duzfreundes alles zu wagen.

Im Augenblick wisse er nicht mehr zu sagen, ob er Teilchen sei oder Welle. Da verschmelze gerade Elementares zu etwas, was das Universum bisher nicht gekannt habe.

So tollkühn ist er mit einem Mal.

Doch, doch, zwischen ihnen geschehe gerade etwas, das sich nicht anders beschreiben lasse.

Oh.

Was Maria entfährt, hält Stein für ein süßes Signal. Ganz genau kann er es nicht interpretieren, dieses »Oh«, es oszilliert tatsächlich zwischen Teilchen und Welle, zartestem Entsetzen und seligster Ohnmacht.

Das zu erleben, habe er sechsundfünfzig werden müssen, sagt Stein.

Niemals zuvor hat er gewagt, sich so auszudrücken. Nun aber geschieht es. Obwohl gewohnt, jede Wendung dreifach zu prüfen, ehe er sie freigibt, weiß er nicht mehr, was er sagt.

Was sich ereigne, werde sie beide bereichern, ihn, den Pragmatiker, emotional, sie, die Künstlerin, intellektuell. Vereinfacht ausgedrückt.

Sie hört ihm noch immer zu.
Was ist es, was ihn so reden lässt? Ist es Wahn?
Lass es uns probieren, Maria!
Quatsch, Jakob.
Sie greift nach seiner Hand. Er könnte jauchzen.
Was wäre das Leben ohne Quatsch! Maria, Leben *ist* Quatsch!
Da könne sie nicht widersprechen, sagt sie.
Seine Hand ist noch immer in ihrem Besitz, ein aus dem Gras geklaubter Vogel.
Muss gehen, sagt sie, Rheingold ruft.
Das Ringmotiv?
Wir wollen es doch nicht gleich übertreiben.
Also das Entsagungsmotiv.
Das hast *du* gesagt.
Ich darf hoffen?
Er erhält keine Antwort.
Lass es dir durch den Kopf gehen!, bittet er.
Auf meinen Kopf solltest du nicht zählen.
Dann zähl auf dein Herz!

Später tauschen sie SMS-Botschaften aus.
Sehen wir uns morgen?
Wozu?
Quatsch machen.
Dann nicht.
Wenigstens reden über Quatsch.
Quatsch, glaubt er, ist ihr gemeinsames Codewort.

Penk bittet Stein in sein Büro. Der rechnet damit, dass ihm das Haus verboten wird. Wenn er einer Dirigentin nachsteigen will, soll er es außerhalb der Proben tun und außerhalb der Staatsoper.

Penk aber sagt: Es ist mir ein Vergnügen, eine Ehre sowieso.

Ja?

Sie als häufigen Probengast zu begrüßen.

Stein muss sich von ihm als einen Enthusiasten der Extraklasse bezeichnen oder verspotten lassen, es ist nicht zu erkennen. Was will Penk von ihm?

Als Vertrauter der hochbegabten, hochgeschätzten MP sei Stein jederzeit gern gesehen. Was er denn eigentlich von der Inszenierung halte?

Was soll Stein antworten? Er hat Ausschnitte gesehen ohne Bühnenbild und komplette Kostüme. Er fühlt sich nicht kompetent. Er sei hier, um zu staunen, sagt er, er sei nicht vom Fach.

Penk interessiert Steins Ansicht als Politiker.

Was, glauben Sie, wird geschehen, wenn wir Wagners Ring als einen Beitrag zur Islamdebatte anbieten?

Stein gibt sich überrascht. Schwer, spontan etwas zu sagen.

Nimmt Penk ihm das ab?

Der Intendant gibt nun eine Art Grundsatzerklärung ab: Oper existiere seit einem halben Jahrtausend, und sie wäre längst verschwunden, erfände man sie nicht ständig neu. Das Haus arbeite an keinem geringeren Projekt als dem der Rettung der Oper für künftige Generationen vor den Banalitäten der Unterhaltungskultur, vor der geistigen Versklavung durch Massenmedien, etcetera. Aufregend könne Oper nur sein, wenn sie auch aufrege. Aber bitte, Aufregung nicht als Selbstzweck. Das sehe MP gewiss nicht anders. Oder doch?

Damit ist die Katze aus dem Sack. Penk will von Stein wissen, was Maria denkt.

Frau Bensson konzentriert sich absolut auf die Musik, sagt er.

Natürlich.

Sie befürchtet, dass sie mit den Proben nicht auskommt. Das macht ihr Sorgen.

Ja, ja, schon.

Frau Bensson wolle auch nichts anderes als die Oper retten, am besten neu erfinden.

Ich muss Ihnen doch nicht erklären, sagt Penk, was mich eine Extraprobe kostet! Was täten Sie an meiner Stelle, wenn vor dem Opernhaus Islamisten demonstrieren?

Ist es schon so weit?

Wir müssen mit allem rechnen.

Ihre Leute sollten den Mund halten. Verhängen Sie eine Informationssperre.

Sie sind gut, sagt Penk, nichts leichter als das. Glauben Sie wirklich, ein Opernhaus ist einfacher dicht zu halten als eine Parteizentrale? Denken Sie nur an die Sängerin der Woglinde. Ich nehme an, Sie kennen das Problem. Sie sieht sich als politisches Opfer und wird diese Auffassung nicht für sich behalten wollen. Es sei denn, sie singt doch.

Aber Frau Bensson hat mit dem Regiekonzept nichts zu schaffen, sagt Stein.

Ein Skandal träfe die gesamte Produktion, sagt Penk, das Rheingold wie die drei übrigen Teile des Ring. Wenn es hart auf hart kommt, steht alles zur Disposition.

Sie sind der Intendant. Warum schreiten Sie nicht ein, wenn der Regisseur das Ganze gefährdet?

Haben Sie eine Ahnung! Die Freiheit der Kunst ist heilig.

Aber dann erklärt Penk doch, was in diesem Fall der Kunst heilig ist. Jonas van Bloomweghe habe SS durchgesetzt. Auslöffeln aber dürfe die Suppe er. Sein Eingreifen würde erst recht einen Skandal produzieren. Dann würde alle Welt Zensur schreien, und er wäre unten durch. Greife er aber ein, sei er es auch. Die Idomeneo-Affäre an der Deutschen Oper sei ihm ein abschreckendes Beispiel. Damals habe dort die Intendantin wegen islamistischer Drohungen auf Anraten der Behörden Vorstellungen abgesetzt und dafür Prügel bezogen, von denen sie sich nie mehr erholte.

Stein erinnert sich. Hasenfüßig hatte sie reagiert und politisch untragbar. Penks Gejammer ist schwer auszuhalten.

Der Dirigent sei der Einzige, der noch eine gewisse Macht habe, sich dem Regisseur entgegenzustellen, sagt er.

Penk will also nicht allein dastehen, wenn seine vollen Hosen zum Himmel stinken.

Stein ist Penk insofern dankbar, als er ihn in die Lage versetzt, Maria davon zu überzeugen, ihn sehen zu müssen, möglichst sofort. Am Telefon sei das nicht zu bereden. Er schlägt ein gemeinsames Frühstück im Einstein vor. Maria ist einverstanden.

Wenn der Laden voll ist, dürfen nur Stammgäste und Prominente hoffen, von Herrn Wollstein an einen der weiß gedeckten Tische im hinteren Teil geführt zu werden.

Schade, dass Sie sich so selten sehen lassen, sagt Herr Wollstein.

In alten Zeiten ging Stein Hände schüttelnd von Tisch zu Tisch. Das hat er jetzt nicht mehr nötig. Nur zu Paul zieht es ihn, als er ihn entdeckt.

Gut erholt siehst du aus, sagt Paul, das Leben scheint dir gutzutun.

Leider verspätet sich Maria. Er hätte sie seinem früheren Fraktionschef gern vorgestellt. Maria hat nicht viel Zeit, gibt sie gleich bekannt. Es reicht nicht einmal für einen Begrüßungskuss. Sie bestellt ein Croissant und einen Milchcafé, er zwei Eier im Glas mit extra viel Schnittlauch. Paul schaut interessiert herüber, vielleicht begreift er gerade, wie gut es das Leben mit Stein wirklich meint. Auch die Gerlund nimmt ihn zur Kenntnis, gönnt ihm ein freundliches Handzeichen. Was zu sehen ist, wird sie ins Kanzlerbüro tragen.

Es liegt in Steins Interesse, die Lage zu dramatisieren. Penk rechne mit dem Schlimmsten. Er kenne solche Hosenscheißer, die Politik sei voll von ihnen.

Die Opernhäuser aber auch, sagt Maria.

Gegen Hosenscheißer gewinnst du nur, wenn du ihnen noch größere Angst machst.

Deine goldene Regel?

Erfahrung.

Er wollte dich also aushorchen?, sagt Maria. Er glaubt, wir sind ganz dick miteinander.

Wie dick sind wir denn?

Womit sie Penk noch mehr Angst machen könne?

Stein weiß es auch nicht.

Sie überhört also seine Frage, tut so, als sei sie überhörbar. Immerhin, eine Pause tritt ein. Das Unaussprechbare könnte nicht besser ausgedrückt werden.

Maria!

Ja?

Ich habe immer noch Lust auf Quatsch. Große Lust.

Würde sie ihn jetzt einen Quatschkopf nennen, könnte er es ihr nicht übelnehmen. Es würde ihn sogar glücklich machen.

Ich will mich nicht darauf einlassen, sagt sie.

Was heißt einlassen? Sie haben sich bereits aufeinander eingelassen. Es geht nur noch darum, das Eingelassene zuzulassen. Stein meint dennoch einen Sehnsuchtston herauszuhören. Unter all den Möglichkeiten, die er sich ausmalt, ist die, er könne ihr einfach nur auf den Geist gehen, nicht vorgesehen.

Es ist verdammt früh am Morgen, sagt sie. Was plant Penk? Es scheint das Einzige zu sein, was sie von Stein wissen will.

Stein beschränkt sich darauf, Penk zu interpretieren.

Es stellte sich ihm so dar, als hoffe der Intendant, Maria werde sich mit SS so sehr überwerfen, dass er, Penk, am Ende behaupten könne, die Auffassungen von Dirigentin und Regisseur seien unvereinbar. Kurzum, Penk suche ein Argument, die Premiere abzusetzen und die Verantwortung anderen aufzuhalsen.

Ich kann es nicht ändern, sagt Maria. Alles, was ein Dirigent einem Regisseur verbieten kann, sind Einfälle gegen die Musik. Sänger sollten nicht auf dem Kopf stehen, und wenn sie einander beim Singen nicht sehen, können sie auch nicht miteinander singen. Im Übrigen kann ich SS das Inszenieren so wenig abnehmen wie er mir das Dirigieren.

Du würdest es dir zutrauen?

Das Inszenieren? Aber ja. Doch weshalb sollte ich es tun?

Du hast mein Konzept gelesen?

Weshalb kapiert er nicht, dass sie seinen dilettantischen Spaß nicht ernst nehmen kann? So ein Gesicht macht sie.

Danke für deine Bemühungen, sagt sie. Ich übernehme das.

Sie meint die Eier im Glas.

Beim Hinausgehen passiert Stein den Tisch, an dem die Gerlund sitzt. Lass uns mal wieder quatschen! Dann gibt sie ihm ihre Visitenkarte. Falls dir die Nummer entfallen sein sollte und du nicht allzu abgelenkt bist …

Er weiß, was sie jetzt denkt. Dass er ihr Maria vorstellt. Er kann es sich verkneifen. Das kleine Rätsel ist viel aufregender für das Kanzlerbüro.

Später schickt er Maria eine SMS. Er hat jetzt keine Hemmung, ihr wenigstens Quatsch zu senden.

Ich schmelze,
dich zu umhüllen,
dich süßen Kern
meiner Bitternis.

Er lässt belgische Pralinen in die Oper schicken.

Das hat zur Folge, dass sie von ihm verlangt, vorläufig nicht mehr in die Oper zu kommen. Per SMS untersagt sie es ihm.

Leilah, chérie,
George meinte, ich solle wegen der zwei zusätzlichen Proben keinen Aufstand machen. Verstehe ihn nicht. Er war immer auf meiner Seite, wenn es um Qualität ging. Er hat mit Penk telefoniert (sagt er), wirkte irritiert. Rückte aber nicht heraus damit, weshalb.
Es ist doch keine ganz blöde Idee gewesen, den Politiker mit in die Proben zu schleppen. Penk hält ihn für meinen Speziellen. Hat Respekt vor ihm, deshalb auch mehr Respekt vor mir. Jakob (Stein) wiederholte bei Penk meine Forderung nach Zusatzproben. Der wiederum ließ mir ausrichten, wie sehr ihn die Regie beunruhigt. Wenn er wüsste, wie mir seine Sorgen willkommen sind. Jakob ahnt so wenig wie Penk, dass SS nur ein nützlicher Idiot ist.
Denkst du auch immer schön an mich?
MP

Lágrimas Negras. Stein hält die CD in den Händen wie eine Kostbarkeit. Weshalb schreibt sie ihm eine so herzerwärmend unmissverständliche Widmung in die Hülle? *Pa' ti … y con mucho cariño!* Auch noch auf Spanisch. Weshalb lädt sie ihn in die Proben ein? Verabredet sich mit ihm? Weshalb küsst sie ihn auf den Mund? Und weshalb gesteht sie ihm nicht endlich ihre Gefühle?

Selbst wenn ich wollte, ich kann es nicht.

Schreibt sie.

Er versucht, Hoffnung wie Gold zu waschen, lässt jede Silbe Marias in der Pfanne kreisen und kreisen und kreisen, bis er goldenen Schimmer zu erkennen glaubt. Allein der Konjunktiv! *Selbst wenn ich wollte.* Solange die Möglichkeitsform gilt, ist alles offen. Politiker glauben an die Kraft von Illusionen. Vor allem an die ihrer eigenen Unverzichtbarkeit, Unzermürbbarkeit. Sie nehmen Niederlagen am liebsten nicht zur Kenntnis, und falls unvermeidlicherweise doch, dann niemals persönlich. Bloß die Siege beziehen sie allein auf sich selbst. Stein aber ist anders. Anders geworden. Er muss diese Niederlage persönlich nehmen. Er nimmt jetzt alles persönlich. Das ist sein gutes Recht, sein Privileg. Daran könnte erkannt werden, dass er kein Politiker mehr ist.

Wie ist es, geliebt zu werden und die Liebe nicht erwidern zu können? So drückt Stein es nicht aus. Nicht vor ihren Ohren. Er meidet überhaupt das Wort, das sie bestimmt nicht hören mag oder nicht verstehen kann. Weil das Wort zu groß ist für sie, zu ernsthaft, zu gültig, und sie das nicht erträgt. Dafür bringt er Verständnis auf. Er sagt nicht: ich brenne, ich lodere, ich verglühe. Er sucht ein harmloses Wort, ein Wort ohne Unterleib. Ein Wort, vor dem sie sich nicht fürchten muss. Er könnte sagen, dass er von ihr begeistert sei. Geist ist, falls vorhanden, intensiv und zugleich flüchtig. Das Wort Geist könnte ihr signalisieren: Selbst das Höchste, was sie sich vorstellen kann, hätte nichts zu tun mit seinem Schwanz.

Ich bin begeistert von dir.

Da fällt mir aber ein Stein von der Seele, sagt sie.

Lieber nicht, sagt er. Lieber ein Stein sein in deiner Seele, als dort gar nicht vorkommen.

Sie hat von Seele gesprochen, nicht von Geist. Der Gedanke beseelt Stein.

Er sagt: Erotisiert sind wir genug, bloß an Nähe fehlt es uns allen.

Er würde ihn gern sofort wieder verschlucken, diesen Satz. Diesen unangebrachten, ihn vollkommen nackt zurücklassenden Satz. Diese laue Lüge, die nur enthüllt, wie wild er auf sie ist.

Maria, sehr spitz: Ist das eine allgemeine Erkenntnis, oder sprichst du von dir?

Er kann nicht mehr zurück.

Ich meine mich, sagt er, und vielleicht dich. Auch dein Leben ist nur ein fallengelassenes Bündel Mikadostäbe.

Deshalb solltest du deine Finger von ihm lassen.

Maria, ich nehme dir nichts. Ich will dir nur geben.

Schon wieder zu viel. Schon wieder wackeln die Stäbchen. Es ist doch etwas anderes, ob man vom Glück der Geschichte schwadroniert oder von dem Glück, das einem in die Hose fährt.

Sie sagt: Ich will es nicht.

Ende der Durchsage.

Er sagt: Alles, was ich noch will, ist dich anschauen. Ich könnte dich drei Tage und drei Nächte lang anschauen, einfach nur anschauen, es würde mich nicht ermüden, sondern erfrischen.

Er schaut sie an.

Danach muss Stein noch dringend in die Newton Bar. Allein. Die Frau, die dort sofort auf ihn zusteuert, ist groß und blond und schiebt enorme Brüste vor sich her. Sie kommt nahe an Stein heran, so nahe, als wolle sie von ihm abbeißen. In dem verbleibenden Raum zwischen ihren Gesichtern macht sie mit der Hand eine Scheibenwischerbewegung.

Jakob Stein!

Eine Feststellung. Ich habe dich erkannt, Staatsminister Jakob Stein.

Er findet das komisch.

Ich habe zu viel getrunken, sagt sie.

Sie muss das nicht sagen, es ist zu riechen. Es erklärt, weshalb ihr Gespür für Distanz außer Betrieb ist. Er gibt sich Mühe, dieser Nähe standzuhalten. Das scheint ihr zu gefallen.

Du bist ein komischer Vogel, sagt sie.

Sie findet nicht, dass sie das begründen muss.

Stein kann sich nicht daran erinnern, mit ihr jemals

auch nur ein Wort gewechselt zu haben. Er hat sie auf der Probe gesehen, als Zweitbesetzung für Fricka.

Wie alt bist du, Herr Stein? Sechsundvierzig? Siebenundvierzig?

Er dementiert es nicht. Sie klopft ihm mit der Hand auf den Bauch.

Aber du machst nichts aus dir, Schatzi!

Einen Augenblick lang hält Stein sich mit der Vorstellung auf, Fricka Zwo sei auf ihn angesetzt. Die Zielstrebigkeit, mit der sie sich über ihn hermacht, kann nicht allein dem Alkohol geschuldet sein. Hat Maria sie angestiftet? Ist es ein Test? Will Fricka Zwo ihn veralbern? Ein Scherz mit versteckter Kamera? Einer der üblichen Staatsopernstreiche? Er kennt die geheimen Riten dieser seltsamen Sekte nicht.

Du bist wahrscheinlich mäßig im Bett, aber maßlos neugierig, sagt Fricka Zwo. Der dort drüben, der mit der kleinen Braunen, ist besser im Bett. Lieber wärst mir du, Herr Stein.

Der dementiert auch das nicht. Wozu auch, es spricht einiges für Frickas Schnellanalyse. Auch ist er inzwischen in einem Zustand, in dem er auf alles neugierig ist, was irgendwie nach Leben riecht. Sogar auf Fricka Zwo.

In sechs Wochen erkennst du dich nicht wieder, Schatzi. Das kriegen wir hin.

Er will es gerne glauben. Sechs Wochen mit dieser Person wären zweifellos eine Herausforderung. Dass ihm diese Vorstellung nicht von vornherein abwegig erscheint, irritiert ihn, ist aber nicht unangenehm.

Bestellst du mir auch einen Wein, Herr Stein?

Sie sieht aus, wie eine Sängerin auf gar keinen Fall aussehen darf. Man könnte ihr eine Blechschüssel mit Kuhhörnern aufsetzen. Dass es so etwas überhaupt noch gibt! Sie heißt Hiltrud. Nicht zu glauben.

Pass auf, Herr Stein! Wir gehen miteinander essen. Herr Stein, nächste Woche gehen wir miteinander essen. Jetzt kommst du erst mal mit ins Cookies!

Sie ist ganz und gar unmöglich, die saufende Hiltrud. Er wird mit ihr jetzt gar nirgends mehr hingehen, obwohl er so ausgehungert ist, dass er sogar diese Wagnerschlampe erträgt.

Du bist ein komischer Vogel, sagt sie wieder. Stehst an der Bar und schweigst.

Er hat noch nie mit derart dicken Dingern …

Magst du Kater?

Kater?

Ich hab zwei. Zu Hause vor dem Fernseher liegen sie auf meinen Schenkeln. Einer rechts, einer links.

Eine gut gesetzte Pause.

Nicht, was du glaubst. Kein Sex mit den Katern.

Ich muss jetzt ins Bett, sagt Stein, sonst fallen mir die Augen zu.

Du gehst jetzt mit ins Cookies, wiederholt sie mit Nachdruck.

Nein, sagt er, ins Bett.

Sie will seine Visitenkarte haben. Es ist das Einzige, was er ihr jetzt nicht abschlägt.

Wieder zu Hause und nachdem er sich ein weiteres Glas Roten eingeschenkt hat, schreibt Stein: Schluckimpfung ist süß. Maria ist grausam. Er erwartet keine Antwort, aber behält, für den Fall der Fälle, sein Handy in Reichweite.

In der Nacht wird er von einem Weinkrampf geschüttelt. Sein Zustand will ihm vorkommen wie eine Kinderkrankheit. Wenn man sie erst als Erwachsener kriegt, ist sie lebensgefährlich. Soweit Stein sich erinnern kann, hat er niemals solchen Liebeskummer gehabt, hat nie zuvor so um eine Frau gefleht. Hat es nie nötig gehabt. Aber jetzt. Er ist nur leider kein Goethe, der aus schmerzendem Inneren eine Marienbader Elegie presst. Er ist nur ein Esel. Er produziert, was üblicherweise aus Eseln herauskommt. Dukaten sind es nicht.

Soll er Franz anrufen? Damit der ihm sagt, was er selber wissen kann? Damit der ihm die Frage stellt, die er nicht beantworten kann, die Frage, warum er sich quälen lässt von der Frau im Frack, der Frau mit dem Stock, mit der formenden und der ordnenden, der liebkosenden und der abweisenden Hand. Er beschließt, die womöglich schmerzhafte Hilfe von Franz jetzt nicht in Anspruch zu nehmen. Dann lieber dieser Schmerz, der süße.

Er schickt Maria die nächste SMS. Auf Spanisch. Si las cosas que uno quiere se puderian alcancar. Er kann kein Wort Spanisch, übernimmt nur den Songtext aus dem CD-Booklet, wählt die Zeile anhand der englischen Übersetzung. If we could obtain what we desire …

Als er eine Stunde später, eine Stunde, während der er das Gesicht gegen die Gitterstäbe seiner gespreizten Finger presst, immer noch kein Antwortsignal gehört hat, versucht er es mit dem Titelsong der *Lágrimas Negras*. Even though you've killed my dreams … In my dream I overwhelm you with blessings. Aunque tú has muerto mis ilusiones … en mis sueños te colmo de bendiciones.

Er könnte sich mit dieser Musik den leeren Raum zwischen den Ohren ausstopfen. Doch die dreifach gefaltete Hülle ist leer. Er muss die CD im Player vergessen haben. In welchem Player? Nicht in diesem. Der leere CD-Schlitten versetzt ihm einen Schock. Ein Verlust von gespenstischer Symbolik. Er hat geglaubt, keinerlei Talent für derartige, an Banalität unüberbietbare Phänomene zu haben. Und nun dies.

Das Handy vibriert.

Es ist besser, wenn wir uns nicht mehr sehen.

Steins Atmung setzt aus. Sie setzt nicht aus. Er ist nur nicht mehr in der Lage, so etwas Bedeutungsloses zu tun, wie zu atmen. Er kann jetzt nicht auch noch ans Atmen denken, jetzt gibt es Tödlicheres als das Aussetzen der Atmung. Was ist aussetzende Atmung gegen so einen Satz!

Es ist besser, wenn wir uns nicht mehr sehen.

Fiele er wenigstens in Ohnmacht! Ohnmacht wäre eine Lösung, vorübergehend. Sie nicht mehr sehen zu dürfen ist schlimmer als Ohnmacht. Eine Tötung bei vollem Bewusstsein ist, was er erleidet. Das Leiden will ausgekostet sein. Wenn nichts mehr bleibt, dann wenigstens dieses Leiden.

Jetzt von Verzweiflung zu sprechen wäre Folklore.

Er kann sich nicht so maßlos getäuscht haben. Da muss etwas Unerklärliches eingetreten sein. Sie hatte ihn doch zugelassen! Er war ihr doch von einem gewissen Wert gewesen! Es wäre lächerlich, daran zu zweifeln. Sie hatte ihn wahrgenommen. Auf ihre Art hatte sie ihn an-, nur vielleicht nicht ernst genommen. Sein Bühnenkonzept ist doch nicht abwegiger als das Konzept, das aus Wotan Allah macht. So ein Quatsch aus seiner Feder, und Marias höhnisches Gelächter hätte ihn aus ihren Augen vertrieben und ihn für alles Weitere disqualifiziert. Sie weiß durchaus, dass seine Einfälle solider sind als das, was da gerade auf der Staatsopernbühne angerichtet wird. Sie spricht nur nicht darüber, weil sie ihrem Team nicht in den Rücken fallen mag. Und weil das so ist, kann sie ihn, der als Bühnenmensch durchaus voll zu nehmen wäre, nun auch als begehrenden Mann nicht an sich heranlassen. Weil sie ihn nicht akzeptieren darf, muss sie ihn ins Leere laufen lassen. So könnte er sich erklären, dass ihre Urteilskraft geschwächt ist. Damit ist zu rechnen gewesen. Kunst ist nun einmal unberechenbar, große Kunst besonders, und sie, die allergrößte Künstlerin, am allerunberechenbarsten. So muss er sich das jetzt verständlich machen.

Unerschütterbar ist sie nicht. Nur momentan nicht in der Lage, sich vorzustellen, welche Quelle der Behutsamkeit, Aufmerksamkeit, Zuverlässigkeit er ihr hätte sein können. Noch immer sein könnte. Er wäre der Geschäftsführer ihrer Wünsche, der Generalsekretär ihrer Interessen, der Premierminister ihrer Begehrnisse. Und Begierden. Natürlich auch das. Von ihr ließe er sich die Haut abziehen bei lebendigem Leib, um Pergament daraus zu machen, dafür bestimmt, ihren Willen darauf zu notieren. Das würde er ihr gerne zurufen. Denk nach! Wach auf! Verzichte nicht auf mich, den Unersetzlichen! Versehre ihn, aber wirf ihn nicht weg! Einen wie ihn wirst du nicht wieder finden. Du weißt nicht, was du tust! Es geht um dich und um deine Kunst. Es geht, Maria, darum, dich zu ermöglichen.

Aber sie hört ihn nicht.

Es ist besser, wenn wir uns nicht mehr sehen.

Der Satz lässt ihn zur Hölle fahren.

Dort angekommen, wird er ihr die Zunge herausstrecken und einen wahrhaftigen Schwefelfurz hinterherschicken. Ist sie an der Wahrheit überhaupt interessiert? Er wird dafür sorgen müssen. Deshalb wird sie ihn nicht mehr los. Er hat sie doch schon tausendmal gefickt. Tausendmal. Sex findet im Kopf statt, und dorthin kann niemand sehen, nicht einmal sie, das Genie. Dort, im Kopf, hat er sie tausendmal gefickt, wie noch niemals eine Frau zuvor. Von keinem Konditionswunder, bloß von einem sich verzehrenden Mann, einem Äquilibristen der Lust. In einen Zärtlichkeitsrausch würde er sie versetzen, ließe sie es nur zu. Dagegen wäre die größte Oper nichts.

Verzeih mein Seelenstriptease!

Wenn sie auch darauf nicht antwortet, ist alles aus.

Leilah, ma chérie,
weshalb so misstrauisch? Warum soll Jakob nicht der sein, für den ich ihn halte? Für einen Gigolo wäre ich kaum das geeignete Opfer, und wie ein Gigolo sieht er nicht aus. Vermute, die Phantasie geht mit dir durch.
Halte ihn auf Distanz, damit er hungrig bleibt. Kann mir noch nützlich sein, wenn die Situation an der Oper eskaliert. Denn dann kann ich mich nicht mehr allein auf George verlassen. Er macht seit Jahren mit Penk Geschäfte, stattet ganze Produktionen mit Sängern aus und will keinen Stress. Dabei ist es die Staatsoper, die von ihm abhängig ist, nicht umgekehrt. Jonas hat recht, dass er George aus unserer Operation Walküre heraushält. Es wird nun bald etwas geschehen. Es brodelt noch immer im Ensemble. Pro und Contra Islam im Ring. Mir wäre es lieber, alle würden sich nur um ihre Noten kümmern.
Bis bald
MP

Fricka Zwo hat ihn tatsächlich angerufen. Es ist zu befürchten gewesen. Von sich selbst überrascht, hat Stein ihrem Vorschlag zugestimmt, sie zum Essen einzuladen.

In der Nacht träumt er, dass Fricka ihren Walkürenritt auf ihm vollführt. Das gestattet ihm seine aufgeraute Phantasie. Er träumt sich Fricka Zwo, nun, gewiss nicht schön, aber erträglich. Es ist eine Art Physiotherapie, zu der er sich entschlossen hat. Wer verlangt schon, dass die Therapeutin eine Schönheit ist? Fricka Zwo befriedet sein Fleisch. Dafür ist er ihr dankbar. Im Traum.

Das Lokal hat sie vorgeschlagen, ein Italiener an einer der Auswucherungen des Alexanderplatzes, einer trostlosen Asphaltschneise namens Memhardstraße. Bonfini: blaue Neonschrift an grauem Plattenbau. Das Interieur des Ladens steigert die Trostlosigkeit.

Sie sitzt schon drin. Zwischen Tür und Tisch, noch ehe er ihr die Hand reichen und ihre Wangenküsse möglichst vermeiden wird, spürt Stein das Abgestoßensein. Niemals hätte er sich mit ihr verabreden dürfen. Die Erbärmlichkeit des Lokals und seiner Umgebung legt sich sofort auch auf das Bild, das er sich von ihr macht. Das Doppelkinn schiebt sich über den Rollkragen, fleischige Lippen wollen ihm wie der Ansaugstutzen eines Feuerwehrschlauchs vorkommen. Küche und Keller könnten hier seinen Widerwillen allenfalls lindern. Was aber das dünne Ding von Kellnerin mit ihren bis zu den Handgelenken hinab tätowierten Spinnenarmen serviert, macht alles nur noch unerträglicher. Wässriger sardischer Wein (der teuerste auf der Karte). Tomatensuppe aus dem Tomatenpüreekarton. Die tote Dorade, ein unzählbarer Gräten wegen im Schummerlicht unkalkulierbares Risiko. Wenigstens erlaubt der Fisch ihm, seinen Blick von diesem Mund weg zu senken. Hiltrud hat als Vorspeise rohes Rind gewählt, gefolgt von einer Spirituose, die in Brand zu stecken ist, ehe man sie zu sich nimmt, gefolgt von einem blutigen Pfeffersteak. Und Stein erkennt seine nächtliche Phantasie als Groteske, für die er sich nun vor sich selber geniert. Er kann es sich nicht mehr erklären, wie er eine ordinäre, vulgäre Wagnerheroine hat interessant finden können.

Sie sagt: Wer über Sex redet, hat keinen.

Sie redet ständig über Sex.

Sie sagt: Lesbensex taugt nichts.

Er will wissen, woher sie das weiß.

Aus Erfahrung, sagt sie. Übersät mit blauen Flecken habe der Lesbensex sie zurückgelassen.

Außer der Dorade hat er hilfsweise eine junge Frau im Blick, die links hinter Hiltrud sitzt, der das nicht entgeht.

Kleopatra im Trenchcoat, sagt sie.

Vielleicht hat sie nichts darunter, sagt Stein.

Die ist höchstens zwanzig. Bist du pädophil?

Davon verstehe ich nichts.

Wovon verstehst du eigentlich wirklich was, Herr Stein?

Von Politik, sagt er. Im selben Augenblick bereut er es.

Politik, sagt sie, warum nicht.

Aber bitte nicht jetzt. Jetzt habe ich keine Lust.

Den Satz kann er generell stehen lassen. Er hat keine Lust.

Was aber Hiltrud nicht hindert, ihm ihre Sicht der Dinge anzubieten: Die Geschichte der »BRD-Kanzler«, wie sie es ausdrückt, in sehr knapper Form, also auf das Sexualleben reduziert. Brandt, Schmidt, Kohl, Schröder, zu jedem hat sie Einschlägiges auf Lager, da soll er im Gegenzug unbedingt etwas zur Christina Böckler beitragen.

Aber da gerät sie an den Falschen.

Na komm schon! Ist sie frigide, oder tut sie nur so? Treibt sie es nur mit sich selbst?

Sie fickt die Republik, sagt Stein.

Von vorn oder von hinten?

Ich weiß nur, dass sie oral total versagt.

He, Herr Stein, du kommst ja doch noch in Fahrt!

Vergiss es.

Hiltrud kommt, da Stein nichts mehr hergeben will, nun doch auf die Oper zu sprechen, auf ihre eigene halbwegs missratene Karriere, beeinträchtigt, wie sie sagt, von der unglücklich beendeten Affäre mit ihrem Agenten. Es ist nicht erkennbar, ob auch der eher gelungene Teil ihrer Karriere ihm zu verdanken gewesen ist.

Überhaupt scheint sie Verschwörungstheorien zuzuneigen, die ausnahmslos auf sexuellen Verirrungen und Verwirrungen gründen. So erklärt sie sich auch den gegenwärtigen Konfliktstoff an der Lindenoper. Penk: Koks und Kids. Van Bloomweghe finde das ekelhaft. Der wiederum gehöre in MPs Sammlung. Wieso Stein das nicht wisse? Dass MP bi sei, aber doch hoffentlich schon?

MP bisexuell? Dieser Gedanke mäandert nun in Stein herum, streift auch die junge Frau, die er in Zürich auf Maria zustürzen sah.

Lebt sie mit einer Frau zusammen?

Hiltrud schweigt. Allessagend. Sie platzt fast vor Mitteilungsdrang.

Er will es auch nicht ausgesprochen haben. Womöglich hat Hiltrud Gründe, Maria schlechtzureden.

Im Übrigen sei auch das antiislamische Regiekonzept nur zu begreifen, wenn man den Kontext kenne, sagt Fricka Zwo. MPs Liaison mit einer echten Prinzessin aus dem Morgenland. Fällt der Groschen?

Nichts fällt.

Hör mal, Herr Stein, sind wir so naiv, oder tun wir nur so?

Steins Finger trommeln auf der rot-weiß karierten Tischdecke herum, zupfen am Etikett der San-Pellegrino-Flasche, bis sie sie ihm wegnimmt und auf den Nachbartisch stellt, und er mit seinen Augen anderswo Halt suchen muss. Mag sie es getrost für Pädophilie halten.

Hiltrud gibt nicht auf. Sie informiert Stein darüber, dass sie von ihren Katern überall verkratzt sei. Sie wiederholt: *überall* verkratzt. Er will nicht wissen, wo überall sie verkratzt ist. Ja, verkratzt, überall ganz verkratzt, genau das ist es, was *er* nun ist.

Sie sähen sich ja erst zum zweiten Mal, sagt sie. Da habe sie schon Schlimmeres erlebt.

Es hat mich erwischt, Franz! Aber schlimm

Jetzt ist Stein bereit, es einzugestehen. Es ist die Dirigentin.

Also doch. Du hörst dich gar nicht so unglücklich an, sagt Franz, eher belebt.

Es ist kein Zustand, Franz.

Glaubte nie an deine sexfreie Zone. Doch wer auch immer sie ist, du bist nicht in *sie* verliebt, du bist verliebt ins Verliebtsein.

Doktor, schreiben Sie mir eine Rechnung für die Krankenkasse.

Hier ist ein Gratistipp, sagt Franz. Sieh sie dir einfach ganz genau an. Wenn du es darauf anlegst, hast du noch in jeder Suppe ein ganzes Büschel Haare gefunden. Lass die Finger von ihr.

Woher weißt du, wo meine Finger sind?

Siehst du.

Sie öffnet mir eine neue Welt.

Sie ist nie da, wenn du sie brauchst.

Ich folge ihr.

Und wenn sie sich in festen Händen befindet?

Es wäre mir nicht entgangen. Und wenn schon. Ich will sie ihm oder ihr doch nicht nehmen.

Auch das noch. Du würdest dich als Bonus-Track zufriedengeben?

Es ist kein schreiender Aufmacher, nur ein Einspalter im Feuilleton des Tagesspiegel. »Walhall in Mekka.« Stein muss zweimal lesen, ehe er kapiert. Es heißt, Regisseur Sigmar Schmid wolle die globalen Machtansprüche des Islam thematisieren. Deshalb sei im neuen Ring an der Staatsoper Unter den Linden nicht Wotan, sondern Mohammed Herrscher über ein Walhall im Mittleren Osten. Im Sängerensemble rege sich Widerstand, Wagners Ring eigne sich nicht zur Provokation um jeden Preis. Penk wolle das nicht kommentieren, tut es aber doch: Es stehe jedem Mitwirkenden frei, Kritik an der Inszenierung zu üben, aber bitte intern. Im Übrigen seien Debatten erwünscht. Jede Produktion habe den Nerv der Zeit zu treffen, eine andere sei den Aufwand nicht wert. Proteste muslimischer Mitbürger fürchte er nicht, könne sie aber auch nicht ausschließen.

Was immer geschieht, ich stehe dir zur Verfügung.

Seine SMS bleibt ohne Antwort.

Sie ist für ihn nicht erreichbar, nicht in der Oper, nicht im Hotel. Sie scheint Order gegeben zu haben, ihn nicht mehr durchzustellen oder sie zu verleugnen. Er bleibt unentbehrlich für sie, ob sie es begreifen will oder nicht.

Das Sagrantino im Erdgeschoss des Clipper City Home hat immer noch im Freien gedeckt. Stein sitzt dort in eine weinrote Decke gehüllt, lässt den Eingang nicht aus den Augen. Dann stellt er sich ihr in den Weg.

Lass uns reden.

Worüber?

Er hält ihr die Zeitung hin.

Könntest du bitte meine Privatsphäre respektieren?

Ich biete dir Hilfe an.

Um die ich nicht gebeten habe.

Was uns beide betrifft, werde ich kein Wort mehr verlieren.

Du belästigst mich!

Lies doch!

Ach das!

Wir sollten die neue Lage bei einer Tasse Kaffee besprechen, sagt er.

Sie habe sich auf Wichtigeres zu konzentrieren, sagt sie, auf mangelnde Disziplin im Orchester, auf den allzu irdischen Gesang der Götter. Wäre Stein Künstler, verstände er.

Er versteht schon. Es geht um Politik. Sein Metier.

Wir arbeiten zusammen, sagt er.

Dafür habe sie George. Der werde dafür bezahlt.

Stein lässt sich nicht beirren. Szenario eins, best case: Dem Artikel im Tagesspiegel werden weitere folgen. Die Produktion wird interessant, die Premiere zum Ereignis. Glückwunsch. Aber es ist Wunschdenken. Szenario zwei, worst case: Die Presse wittert einen Skandal, schreibt ihn herbei und schreckt noch den friedfertigsten Imam auf. Der Regierende Bürgermeister, der Kulturstaatsminister, der Innenminister, sie alle werden Penk bestürmen. Er solle bloß keinen Quatsch machen.

Der Einzige, der immer nur Quatsch machen will, bist du, sagt Maria.

Er geht darauf nicht ein, mit keinem einzigen Seufzerchen.

Es scheint dich nicht zu beunruhigen, sagt er.

Sollte es das? Den Ärger hat Penk.

Wollen wir nicht doch bei einer Tasse …?

Wenn es sein muss.

Sie bleiben draußen unter den Heizstrahlern. Er bestellt ihr einen doppelten Espresso und sich einen Roten. Er kommt auf das, was er den Punkt nennt. Penk verschiebt die Premiere oder sagt sie ab. Das müssen wir verhindern.

Da kennst du Penk schlecht, sagt Maria. Mein worst case geht anders. Penk gibt sich als tapferer Kämpfer gegen die islamistische Bedrohung. Alle Welt redet nur noch von ihm und von SS. Premiere unter Polizeischutz, seitenweise Rezensionen, Talkshows. Nur die Musik interessiert niemanden. Ich komme deshalb gar nicht mehr vor, und würde ich Rheingold funkeln lassen wie Furtwängler und Toscanini zusammen. Ich könnte eine Kurkapelle in den Graben setzen oder Playback singen lassen, solange Mohammed statt Wotan die Töne verfehlt, hört kein Mensch zu.

Wenn du vorkommen willst, musst du dich einmischen, rät Stein.

Wie stellst du dir das vor?

Distanziere dich öffentlich von der Regie! Aber subtil.

Unmöglich!

Du könntest auf die allgemeine Idee des Stücks verweisen. Auf Wagners Gesellschaftskritik. Die Götter sind für ihn keine wirklichen Götter, sondern Spiegel des Bürgertums.

Blablablumm. Wotan als Moslem ist Schwachsinn. Trotzdem braucht SS jetzt keine Klugscheißerei, sondern Solidarität.

Stein wäre damit einverstanden, ließe sie sich nur dazu hinreißen, ihn noch einmal auf den Mund zu küssen. Allein die Vorstellung überwältigt ihn.

Sie besteht darauf, den Kaffee zu bezahlen. Nur den Kaffee, nicht den Wein. Sie sagt: Und wenn du mich das nächste Mal unbedingt sehen musst, ruf mich bitte vorher an.

Kein Kuss.

Er erlebt es ja nicht zum ersten Mal, dass seine Erfahrung, seine Kompetenz, seine Hingabe nicht zählen, dass sie von einem Tag auf den anderen als lästig, störend, anmaßend empfunden werden. Christina hatte, als er sie deshalb zur Rede stellte, nur ein verlegen verlogenes Räuspern übrig gehabt, einen fahrigen Blick, ein stimmhaftes Ausatmen, dessen Bedeutung nicht schwer zu entschlüsseln gewesen war.

Glaubt er, Maria auch noch zwingen zu müssen, ihm direkt ins Gesicht zu sagen, dass es vorbei ist? Stillose Deutlichkeit nötigt er ihr ab. Sein Insistieren auf Klarheit erscheint ihr wohl überflüssig, ungehörig und respektlos. Denkt Jakob Stein ernsthaft, er könne ihr Urteil über ihn in Frage stellen? Wäre er ihr so ergeben, wie er behauptet, würde er ihr solch ein Getue ersparen. Sie hat ihm die tödliche Dosis zugestellt, schlucken können wird er doch noch selbst!

Zwei Tage lang hat Stein nichts mehr von ihr gehört. Am dritten Tag äußert sie sich in der Berliner Zeitung. Allerdings anders, als er es ihr geraten hat. Statt vorsichtiger Distanzierung vom Konzept vorbehaltlose Solidarität mit dem Regisseur. Wagners Musik gebe diese Interpretation her. Wagner sei es niemals um die germanische Götterwelt gegangen, sonst hätte er sich nicht einen Privatmythos zusammengestellt.

Damit macht Maria sich zum Angriffsziel. Die Folgen hat er ihr vorausgesagt. Die ersten islamischen Gemeinden haben bereits beim Regierenden Bürgermeister protestiert.

Ganz ungerührt lässt sie das offenbar nicht. Vanessa

ruft an. MP würde ihn gern »zu einem Teller Suppe« einladen, mittags im VAU. Es hört sich nach etwas Solidem an.

Wie sie hereinrauscht! Ein Dreiklang in Es-Dur! *Ruhig heitere Bewegung.* Kein Kuss. Immerhin werden aus der Suppe drei Gänge, dazu leeren sie gemeinsam eine Flasche Riesling aus der Wachau. Sie verhandelt zäh, aber sie hat es nicht mit einem Amateur zu tun. Was sie von ihm erwartet, davon kann er ihr nur abraten. Doch sie besteht darauf.

Die Kanzlerin in der Premiere. Es wäre eine Demonstration. Deshalb muss sie mit ihr sprechen.

Du kennst sie nicht, sagt Stein, sie wird einen Teufel tun. Sie mischt sich niemals ein, es sei denn, es springt etwas für sie heraus.

Aber sie liebt die Oper.

Nicht mehr als sich selbst.

Mach das für mich, sagt Maria.

Woher die Vorstellung, er könne Christina Böckler zu irgendetwas bewegen? Hat Maria sein Elend nicht verstanden?

Sie sitzt ihm mit senkrechter Stirnfalte schmallippig gegenüber.

Wotan geht Verträge wenigstens ein, selbst wenn er sie anschließend bricht. Christina braucht nichts zu brechen, weil sie sich niemals verpflichtet.

Ich will sie nicht wählen, sagt Maria, ich will sie bloß sehen.

Wozu das denn gut sein soll?

Weil sie Rheingold retten wird, wenn ich sie darum bitte.

Es wäre zwecklos.

Du kommst nur nicht mehr an sie heran, ist es das, was du mir sagen willst?

Nein, sagt er.

Schon verstanden.

Du kannst nicht einfach mit ihr sprechen.

Du machst mir einen Termin, sagt Maria und winkt den Kellner herbei. Zum Abschied küsst sie Stein auf den Mund.

Leilah, ma chérie,
wie recht du hast. Stein ist nicht echt. Seine dauernde Kritik an der Kanzlerin nichts als Wichtigtuerei. Was er bezweckt? Ich kenne Typen wie ihn. Sind aus Prinzip gegen alles, machen aber alles mit. Halten ihre schlechte Laune für intellektuell bedeutsam. Sich bloß nicht mit irgendwas oder irgendwem identifizieren, sich schon gar nicht unterordnen. Dachte, das gibt's nur am Theater.
Kannst du nicht doch kommen?
MP

DREI

ALBERICH Oje! Verflucht!
Ich bin gefangen!

Das Rheingold, dritte Szene

Es ist keineswegs so, dass Stein nicht wüsste, in welcher Lage er sich befindet. Er ist bereit, der Gefahr zu entkommen, will es wenigstens versuchen. Es ist ein dreifaches Experiment an sich selbst. Er muss herausfinden, ob es noch möglich ist, ohne Maria zu existieren. Er will versuchen, seine Obsessionen voneinander zu trennen, Maria und die Musik. Sind sie tatsächlich so miteinander verwachsen, wie er es vermuten muss, oder kann am Ende allein die Musik alles sein?

Dazu benötigt Stein eine Serie unbezweifelbarer Weltklasseerlebnisse. Eine Überdosis.

Erster Versuch. Die Berliner Philharmoniker, die Maria noch nie hat dirigieren dürfen, unter Mariss Jansons, von dem Maria noch eine Menge lernen könnte. Schostakowitsch, den Jansons besser dirigiert als jeder andere. Danach Luciano Berios Folksongs mit Elina Garanča, einer Offenbarung von Frau und Gesang. Stein kann sie bewundern. Aber er wird ihr nicht verfallen, weil sie Statue in einem Tempel ist. Anbetungswürdiger Marmor. Blond und bleich. Zu schön. Kein Ersatz für Maria. Ach Maria! Die Elementarteilchen der Liebe lassen sich so nicht voneinander spalten. So nicht.

Zweiter Versuch. München, Staatsoper. In Anwesenheit des greisen Komponisten Hans Werner Henze haben dessen Bassariden Premiere, eine Oper nach den Bakchen des Euripides. Zwei Lebensprinzipien, zwei Glaubenswelten prallen aufeinander. Die des atonal singenden Gottes strenger Zucht und die des Gottes zügelloser Freiheit, der verführerisch melodisch tönen darf – und siegt. Nur leider erweisen sich beide Götter als totalitär, die Menschen als Spielball ihrer Willkür und Allmacht. Zucht und Rausch sind siamesische Zwillinge, beide zerstören. Stein erkennt das Komische und Tragische seines Lebens. Wie würde Maria das Stück begreifen? Wie sehr wünscht er sich, es jetzt mit ihr durchzubuchstabieren. Mit ihr, die das Dionysische und Apollinische in ihm versöhnen könnte, weil sie es in sich selbst vereint. Ach Maria!

Dritter Versuch. Wien, der Goldene Saal des Musikvereins, beste Akustik, unüberbietbare Philharmoniker, der große Muti. Hier wenigstens wird er Maria nicht vermissen, Verdis Requiem soll es beweisen. Eine geistliche Oper. Das tosende Dies irae treibt die Tränen, versetzt ihn außer sich. Als dann das herrliche Jüngste Gericht noch einmal die zweiunddreißig goldenen Karyatiden hat beben lassen, folgt das zarteste Gebet: Libera me! Libera me, Maria! Musik erzeugt nicht Glauben, sondern Sehnsucht.

Noch gibt Stein nicht auf. Das Wiener Experiment hat erst begonnen. Wenn die bloß geistige Erlösung versagt, muss der ganze Mensch befriedet werden.

Das Sterne-Restaurant in den Gewölben des Palais Coburg wartet mit einem Werk in sechs Sätzen auf. Der gebackenen Risottokugel mit Pulpo folgt die Flusskrebsschaumsuppe, dieser die gebratene Gänseleberscheibe auf Apfelbeeren und Rhabarber, worauf ein Maibockmedaillon auf Kirschen und Pfifferlingen einer Auswahl sorgfältig gereifter Käse sowie Variationen vom Strudel vorangeht, begleitet von Weinen, zu jedem Gang der passende. Würde sich in Steins Blickfeld nur nicht die edle Fäulnis eines älteren Herrn mit der Knusprigkeit seiner entzückenden Gefährtin vereinen. Mehr bittere als zarte Gedanken erfüllen ihn! Jetzt aber kann er nicht einfach nur zurück ins Hotel, weil ihm dort nicht einmal die Vier Letzten Lieder von Richard Strauss in der unvergleichlichen Aufnahme von Jessye Norman noch helfen könnten.

Das Experiment sieht vor, es ist die letzte Chance, ins Bordell zu gehen, in Wiens mondänstes, er hat recherchiert, keine fünf Fußminuten liegt es entfernt. Er wird zuvorkommend bedient, anders lässt es sich nicht ausdrücken. Wesentlich teurer als eine Philharmonikerkarte plus anschließendem Menü im Palais Coburg ist die Behandlung nicht. Aber auch nicht hilfreicher.

Libera me, Maria!

Ehe Stein abreist, besucht er die Kokoschka-Ausstellung in der Albertina. Dort ist die Alma-Mahler-Puppe ausgestellt, die der Künstler in die Oper ausgeführt hat, nachdem ihm das Original abhandengekommen war. Kokoschka ist damals fünfundzwanzig, nicht sechsundfünfzig, und es ist auf Dauer auch keine Lösung gewesen.

Stein sucht im Museumsshop eine Ansichtskarte aus. Eine zeigt das Werk Macht der Musik II. Vier Jahre lang malte Kokoschka daran. Es braucht, wer nach Vollendung strebt, Geduld. Zwei Figuren, Mann und Frau, Pan mit Trompete, Nymphe mit Granatapfel von Licht und Farbe strahlend. Stein wählt dann aber doch ein anderes Motiv: Der verschreckte Liebhaber. Der, nur von schillernden Rosatönen bekleidet, hascht nach der widerspenstig die Arme ausstreckenden Geliebten. Ein heiteres Spätwerk.

»Siehst du ihren verzückten Blick?«, schreibt Stein auf die Rückseite. Sonst nichts.

Leilah, ma chérie,
bitte komm! Komm schnell!
MP

Stein springt über seinen Schatten. Er springt über einen ganzen Parcours von Schatten. Das Schattenspringen ist lange genug seine Profession gewesen, und gerade deshalb fällt es ihm nicht leicht. Maria scheint zu glauben, nichts sei einfacher für ihn, als zum Hörer zu greifen, die vertraute Nummer zu wählen und Christina Böckler mit seiner Bitte in nichts als helle Begeisterung zu versetzen. Selbst in jener fernen Zeit, als Stein noch davon ausgegangen war, in Christina schlage so etwas Ähnliches wie ein Herz, wäre ihm Marias Ansinnen absurd vorgekommen. Die Kanzlerin macht keinen Termin nur aus spontaner Gefälligkeit, schon gar nicht am Telefon. Ungeprüft tut sie nichts.

Stein ruft Roeder an. Der hat Jahrzehnte im Schatten deutscher Kanzler zugebracht. Keine annähernd wichtige Kanzlerauslandsreise, die der Korrespondent, Kolumnist und Hofberichterstatter an Bord der Kanzlermaschine versäumt hätte. Stein hat sich seiner gelegentlich bedient, ihn sich mit der einen oder anderen Indiskretion gewogen gemacht. Zum Dank dafür hat Roeder in seiner Kolumne auf die eine oder andere Indiskretion verzichtet. Roeder ist ihm nach wie vor gewogen, glaubt Stein, schließlich hat der seinen Sturz mit einiger Feinfühligkeit behandelt, die auch Christina an ihm schätzt. Stein kann sich darauf verlassen, dass Roeder über ihren Terminkalender grob im Bilde ist.

Roeder muss auch nicht lange nachdenken. Der 3. Oktober fällt ihm ein. Auf den hätte Stein natürlich selbst kommen können. Warum sollte Maria nicht am Nationalfeiertag an dem Dinner teilnehmen können, zu dem Theodor Schielin und Claudine von Eiffel geladen haben, hoch über dem Pariser Platz.

Stein kann aber nicht gut Schielin anrufen und sich selbst einladen. Es genügt nicht, dass der ausgeschiedene Abgeordnete aus dem Oberschwäbischen und der Baumarktlöwe aus dem Schwarzwald einander kennen. Zumal Schielin seine Gästeliste gewiss um den Ehrengast Böckler herumgebaut hat. Als diesem unzumutbar, scheidet Stein eigentlich aus. Er könnte Schielin allenfalls bitten, die Dirigentin ohne ihn einzuladen. Doch ohne ihr stolzer Begleiter zu sein, ergibt das Manöver keinen Sinn. Er möchte und muss Maria persönlich mit Christina bekannt machen, wenn auch er etwas davon haben will.

Aber eigentlich will er Schielin überhaupt nicht bitten müssen. Stein hat ihm keine Gefälligkeit mehr zu bieten, für die der sich erkenntlich zeigen müsste. Er bittet lieber Roeder um Einflussnahme. Verspricht ihm eine »hübsche Geschichte«. Mit nichts könne man der Opernfreundin im Kanzleramt eine größere Freude bereiten als mit der Tischgenossenschaft einer gefeierten Dirigentin, behauptet er.

Ich habe dann etwas bei Ihnen gut, sagt Roeder.

Worauf Sie sich verlassen können, sagt Stein.

Warum, zum Teufel, lässt Fricka Zwo sich nicht abschütteln? Und in welcher Verfassung muss Stein sein, dass er sich ein weiteres Mal auf sie einlässt? Er hätte gar nicht mehr in der Newton Bar landen dürfen, wo die Gefahr groß ist, auf ihre fleischige, haltlose Zunge zu stoßen. Zu viel getrunken hat er auch. Stein schämt sich, noch ehe er ihr entkommt.

Hiltrud ist mit einer Begleiterin aufgetaucht, einer knochigen Gestalt mit Raubvogelgesicht. Stein muss an Hiltruds früheren Schadensbericht denken. *Übersät mit blauen Flecken.* Die trägt auch er gleich davon.

Die Frau, die Hiltrud als »mein Engel« vorstellt und auch ausnahmslos so nennt, ist angeblich ihre Agentin. Stein glaubt Hiltrud, die nach eigener Aussage von einem Vertreter dieser Zunft traumatisiert worden sein will, keine Silbe. Fricka Zwo ist vermutlich kein agenturfähiger Gesangsstar.

Fricka Zwo und der knochige Engel haben sich in der Bar bei ihm rechts und links eingehängt und ihn in ein Taxi geschleppt. Bloß nicht ins Cookies, hat er gefleht. Damit haben sie ihn erhört, was die Nacht nicht besser macht. Die beiden haben mit ihm vermutlich schon während der Fahrt komische Sachen angestellt, woran er sich nicht mehr erinnern mag. So sind sie in diesem Hotelzimmer gelandet. Warum er das alles mit sich geschehen lässt? Enttäuschte Männer sind unergründlich.

Herr Stein!, sagt Fricka Zwo. Gemessen an der Art, wie sie das Ausrufezeichen hinter seinem Namen tönen lässt, verfügen selbst Ringsprecher beim Boxen nur über monotone Automatenstimmen.

Er sei schon länger nicht mehr in der Staatsoper gesehen worden, findet sie. Das ist nicht falsch, aber er hat nicht vor, ihr den Grund dafür auf die Nase zu binden. Erwähnenswert findet sie, dass Alberich sich auch außerdienstlich an eine der Rheintöchter herangemacht habe, erfolgreicher als auf der Bühne, jedoch leider mit der falschen Tochter, mit dem »Auslaufmodell«.

Ob Maria davon weiß? Nach Lage der Dinge muss dieses Beziehungsereignis den Nibelungen ins Lager ihrer Gegner treiben.

Er habe von Aufruhr im Ensemble gehört, behauptet Stein. Er übertreibt absichtlich.

Die Germanen versammeln sich in den Wäldern, antwortet Fricka Zwo.

Er zweifelt nicht daran, dass sie dazu ihre Kuhhörner aufsetzt. Aber es ist vermutlich nicht der richtige Moment, darüber in eine Diskussion einzutreten.

Viel wird ohnehin nicht gesprochen. Mit *ihm* wird nicht viel gesprochen – die Frauen sprechen mehr über ihn, necken, verspotten, kitzeln, zwicken, befummeln. Zwei toll gewordene Rheintöchter. Er will nur nicht Alberich sein. Kaum hockt er zwischen ihnen auf der Bettkante, nesteln sie an seinen Knöpfen. Er ist ja kein Spielverderber. Um Hiltruds saugendem Mund zu entgehen, wendet er sich dem knochigen Engel zu. Doch der ist nicht die Chefin. Der Engel hat der Sängerin zu dienen, die sich ihrerseits vordringlich um Stein kümmert. Er wünscht sich, die beiden würden ablassen von ihm und sich nur noch miteinander beschäftigen.

Endlich trägt sein Zustand nicht mehr hinreichend zu ihrem Vergnügen bei. Ein nun fast überall und überhaupt verkratzter Kater nutzt die Chance, sich zwar nicht unbemerkt, aber gegen überwindbaren Widerstand zu entfernen.

Wenn Maria von seinem lächerlichen Absturz erführe, wäre endgültig alles aus.

Stein hat sich vorgenommen, Maria zuliebe heute alles großartig zu finden. Unter den Linden passieren sie Bierbuden, Döner-vom-Schwein-Stände, einen »Frittenpalast«. Aus den Lautsprechern schallt eine angenehm timbrierte Frauenstimme: »Achtung, Achtung, hier spricht die Polizei.«

Das schöne deutsche Wort Achtung, sagt Maria.

Es kommt immer doppelt, sagt Stein. Achtung, Achtung. Vielleicht, weil es Doppeltes bedeutet. Achtung heißt: Aufgepasst!, aber auch, Achtung vor etwas haben.

In Macht steckt das Wort Achtung drin, sagt Maria.

Und in deiner Partitur, erinnert sie Stein.

Achtung, Achtung, hier spricht die Polizei. Sehr geehrte Besucher! Wir bitten Sie die Sperren zum Pariser Platz zu berücksichtigen. Es soll eine Überfüllung des Pariser Platzes verhindert werden. Zurzeit werden keine Personen mehr auf den Pariser Platz gelassen. Wir bitten um ihr Verständnis.

Ich möchte mich nicht mit Uniformierten anlegen müssen, sagt Stein. Aber es ist gar nicht nötig. An der Absperrung an der Wilhelmstraße legt der Beamte sogar die Hand an die Mütze, als ihm Stein seine Einladung vorzeigt. Ob er ihn erkannt hat?

Wenige Schritte nur sind es bis zum Eingang des granitgrauen Eckhauses. Die hohe Tür aus bronzefarbenem Stahl und Glas öffnet sich, kaum ist der Klingelknopf berührt. Das Paar durchquert eine Vorhalle aus grünem Marmor und dunkelgrauem Sandstein.

Ein Nazibau, vermutet Maria.

Nicht ganz, sagt Stein. Der Stil des neuen Berlin.

Im Liftspiegel kontrolliert Stein seinen Krawattenknoten. Das Empfangskomitee im sechsten Stock trägt die Anstecknadeln der Sicherungsgruppe des Bundeskriminalamts. Jemand nimmt die Mäntel ab. Dann steht Schielin vor ihnen und begrüßt Maria mit einem Handkuss. Stein revanchiert sich bei Freiin von Eiffel. Sein Alter. Alles an ihr sitzt straff, die einzigen sichtbaren Falten gehören zur kanariengelben Bluse aus Seidenplissee. Schielin, straff nach hinten gekämmtes Silberhaar, gebräuntes Gesicht, gesunder Händedruck, trägt einen blauen Blazer mit goldenen Knöpfen. In Steins Inszenierung könnte er den Gott Donner geben.

Stein sagt zu ihm: Das ist aber kein Schiff, und Sie sind sicherlich nicht der Kapitän.

Er ahnt, dass Schielin den Scherz nicht versteht, ihn eher als Frechheit begreift. Die Freiin sagt, Berlin sei wahnsinnig aufregend. Auch das müsste jetzt nicht gesagt werden, es weiß sowieso jeder, und niemand will es bestreiten, nicht einmal Stein, schon gar nicht an diesem Abend. Dass es sich in dieser Stadt fröhlicher residieren lässt als in Freudenstadt, muss nicht betont werden.

An den Wänden großformatige Blue Chips, Neo Rauch, Norbert Bisky, Figuratives aus Leipzig. Maria will jetzt aber keinen Ausstellungsrundgang, sondern Frischluft, und so führt Stein sie auf die Dachterrasse, wo sie sich an die mächtige steinerne Brüstung lehnen und auf die Menschenmenge hinabschauen. Vom Brandenburger Tor bis über die Wilhelmstraße hinweg den Lindenboulevard hinauf ergießt sich der Menschenstrom. Er ist von mehreren Polizei-Barrieren unterteilt, als gelte es, ihn durch Staustufen zu beruhigen. Von hier oben betrachtet, ist die Achtung-Achtung-Maßnahme der Polizei sofort verständlich.

Die Brüstung ist breit wie ein Tisch, weshalb niemand zu befürchten hat, ein Champagnerkelch, unachtsam umgestoßen, könnte hinunterfallen und inmitten der polizeilich genehmigten Menge zerschellen.

Dort unten mittendrin würde er es nicht aushalten, sagt Gregorius, ein anerkannter Historiker der friedlichen Revolution.

Man stelle sich bloß vor, jemand kippt um, sagt die feingliedrige Erscheinung neben Gregorius.

Er kriege schon vom Zuschauen eine Agoraphobie, meint der.

Vom Brandenburger Tor her dröhnt Musik.

Schatz, eine Agoraphobie hat, wer nicht allein über menschenleere Plätze laufen kann, sagt die feingliedrige Frau.

Da haben Sie es!, sagt Gregorius zu Stein.

Ein Politiker mit so einer Wie-auch-immer-Phobie wäre beklagenswert wie ein Müller mit Stauballergie, sagt Maria.

Er kriege eher eine Klaustrophobie im Kabinettssaal als eine Wie-auch-immer-Phobie auf dem Pariser Platz, sagt Stein.

Von hier oben, sagt der Experte der friedlichen Revolution, könne man gut sehen, was das sei, ein Volk. Nämlich Materie, in der der Einzelne nur noch Molekül sei.

Ein Martinshorn mischt sich unter das Dröhnen der Menge und der Musik, schwillt vom südlichen Ende der Wilhelmstraße her an. Der Rettungswagen versucht, im Schritttempo durch die Menge zu pflügen, es sind nur noch wenige hundert Meter bis zur Notfallaufnahme der Charité. Die Macht der Masse besteht in ihrer Trägheit. Das macht sie gefährlich. Unmittelbar vor dem Rettungswagen tun Beamte ihr Bestes. Nur, wenn sich einzelne Atome ihrer Individualität bewusst werden, machen sie Platz. Hinter dem Rettungswagen bilden sich sofort Strömungen und Strudel, sowohl in Fahrtrichtung wie auch quer zu ihr.

Ich darf Sie allmählich zu Tisch bitten, sagt Schielin.

Der Ansage entnimmt Stein, dass Christinas Ankunft in Kürze bevorsteht.

Auf nichts ist Stein gespannter als darauf, ihr, die nicht mit seiner Anwesenheit rechnen kann, unter die Augen zu geraten. Ihr ist am Tisch »Berlin« Maria zugeteilt. Ein Privileg, das Stein nicht teilt, schon weil Paare in geselligkeitsfördernder Absicht getrennt sind. Will Stein Maria mit Christina bekannt machen, darf er daher nicht warten, bis sie einander am Tisch begegnen. Es wäre deshalb verhängnisvoll, würde Christina erst erscheinen, wenn alle anderen bereits ihre Plätze eingenommen haben.

Stein ist am Tisch »London« platziert. Die Anordnung der Platzkärtchen verrät ihm, dass die Böckler-Blicke ihn während des Dinners nicht treffen können. Er überlegt einen Augenblick, ob er die Kärtchen vertauschen soll. Und zwar so, dass er nicht zwischen Diplomatengattin Ann-Kathrin Koch-Gernheim und Sylvia Maltz säße, sondern zwischen Milliardenerbin Gabi Schwingenstein und Oberschlapphut Schöller, also mit freiem Blick auf die Kanzlerin. Die peinliche Manipulation bliebe nicht unbemerkt. Es sind müßige Überlegungen, denn plötzlich ist sie da. Es hat nichts von einem Auftritt.

Zum ersten Mal berührt nun Steins Hand Marias blanken, von wildem Muttermal-Gesprenkel übersäten Rücken. Leider ist er jetzt nicht in der Lage, sich mit der Frage zu befassen, ob es auf ihrer Vorderseite ähnlich irritierend zugeht. Vorn nämlich geht Maria hochgeschlossen, bloß die Arme liegen frei, und sie sehen aus, als habe Mutter Natur die außerordentliche Blässe mit einer Überdosis Pigmentflecken kompensiert. Steins Hand sinkt hinab auf den schwarzen Taft, findet Halt an der Hüfte, wogegen Maria sich nicht sperrt. Er verstärkt den Druck in der Absicht, Maria näher an Christina heran zu bugsieren. Sie sind nicht die Einzigen, die der Kanzlerin nahe kommen wollen, die Schielin jetzt an den Tisch »Berlin« geleitet. Stein muss achtgeben, dass er jetzt überhaupt noch wahrgenommen wird.

Christina!, ruft er über die Köpfe hinweg, erntet missbilligende Blicke, die ihn nicht interessieren, ganz fokussiert auf ihr Gesicht. Was sich in dem abspielt, sollte in Superslowmotion wiederholt werden. Geschürzte Lippen, wie zum Pfiff gespitzt, ehe die Mundwinkel ein Erkennungslächeln zustande bringen.

Wen haben wir denn da!, sagt sie. Herzlich willkommen, Frau Bensson. Als sei sie hier die Gastgeberin.

Ihr reicht sie die Hand. Ihr, nicht ihm. Ihr, seiner Gefährtin. Er hätte es ihr gern ins Gesicht gesagt.

Erster Gang: Rote-Beete-Gelee mit Kaviar und Crème fraîche. Schwarz-Weiß-Rot, die Farben des alten Reichs. So viel Raffinement erwartet Stein von Schielins Begrüßungsworten nicht. Einen Löffel Pathos, eine Prise Patriotismus, einen Schuss Humorigkeit zu viel, und schon wäre alles verdorben wie fischig schmeckender Kaviar. Aber einen Unternehmer aus dem Schwarzwald sollte man nicht unterschätzen, schon gar nicht, wenn er es, dem Heiligen Gorbi sei Dank, zu nationaler Geltung gebracht hat, sogar zu einem Grundstück in der Herzkammer der Nation mit freiem Blick auf das Briefmarkentor.

Schielin spricht nun über sein Glück und tut es so schnörkellos, dass es nicht einmal Stein missfallen will. Sogar das Glück der Nation, an diesem 3. Oktober bis zum Überdruss beschworen, lässt er weg. Es ist eine Wohltat.

Liebe Freunde, wir werden etwas essen und dann wieder hinausgehen, und dann vielleicht wieder hereinkommen, sollten die Luft zu kühl oder die Gespräche zu hitzig geworden sein. Ich habe mir gedacht, dieser Tag ist eine gute Gelegenheit, ein paar Freunde und Nachbarn einzuladen, zwanglos, wie ich es lange vorhatte, warum also nicht heute. Einen Grund zu feiern gibt es jeden Tag, denn jeder von uns ist auf seine Weise dem Schicksal begegnet.

Ein merkwürdiger Satz. Das also eint sie hier oben, nicht Stellung, nicht Bedeutung, nicht Geld, nur ein gnädiges Schicksal. Man kann es so sehen. Diese vom Glück geradezu verfolgte Schicksalsgemeinschaft feiert ihr kleines, bescheidenes Erntedankfest.

Man müsse sein Glück nur in die Hand nehmen, sagt der Festredner.

Ihn selbst zum Beispiel hatte das Glück in die Lage versetzt, seine Zweitvilla am Schweizer Ufer des Bodensees getrost der Gattin zu überlassen, als Claudine von Eiffel seine Zweitliebe erwiderte. Doppeltes Glück.

Jeden von uns, sagt Schielin, hat der Mantel der Geschichte eben »ein bissele« anders gestreift.

Hätte ich gewusst, dass es Rote Bete ist, hätte ich's nicht gegessen, raunt Anselm Klamm, der Talkmaster, seiner Tischdame zu, der Milliardenerbin Schwingenstein. Stein kann es kaum überhören.

Es bleibt nicht bei Schielins Begrüßungsworten, es muss jetzt auch noch Roeder in die Harfe greifen.

Er sei damals auf der Treppe des Reichstags gestanden, erinnert sich der Kolumnist, seine Wichtigkeit kein »bissele« unterschlagend, also direkt hinter *dem* Helmut Kohl, *dem* Willy Brandt, *dem* Hans-Dietrich Genscher, hinter dem Bundespräsidenten sowieso. Unter sich Hunderttausende. Wie heute wieder. Ein wogendes Fahnenmeer.

Am Tisch »London« bestätigt Gregorius, er habe mitgeheult.

In aller Ausführlichkeit lässt Roeder noch einmal den inzwischen zum Mythos geronnenen Traum wahr werden, erzählt von den Sterntalern, die in jener Nacht ein großzügiger Gott in die erwartungsvoll aufgespannten Schürzen der Brüder und Schwestern habe regnen lassen. Zeitzeuge Roeder kann sich sogar daran erinnern, dass den Bundespostminister so ein Taler am Handgelenk getroffen habe. Genau drei Minuten nach Mitternacht sei dessen Uhr stehengeblieben.

So eine Uhr gehöre ins Haus der Geschichte, sagt Gregorius, der Historiker.

Die Reden sind vorbei, es kommt der Saibling à la Jardinière, und Stein kann Sylvia Maltz nicht länger ignorieren. Wer sich selber einlädt, darf sich über Tischkonstellationen nicht beschweren. Neben Leuten sitzen zu müssen, die man nicht ausstehen kann, kommt nicht nur in der Politik vor.

Einst hatte der alte Maltz ihm Sylvia, sein dickes Kind, anvertraut. Jetzt sitzen sie, einander beargwöhnend, nebeneinander, ohne bisher einen Satz miteinander gewechselt zu haben. Üblicherweise umspielt Haar ein Gesicht, bringt es, so gut es eben geht, zur Geltung. In ihrem Fall lässt ein hoch über die bleiche Stirn gewickeltes Ungetüm von Frisur die Physiognomie vollkommen allein. Das Kostüm ist aus graphitgrauem Flanell, der Rock umspannt wie ehedem füllige Hüften. Auch der Siegelring steckt noch. Ihr Patschhändchen hatte sich immer kühl und klamm angefühlt, heute hat Stein es noch nicht berührt, nicht einmal zur Begrüßung.

Worüber nur kann er mit Fräulein Maltz parlieren? Die Kreditanstalt ist nicht zu umgehen.

Es komme ihm vor, sagt Stein, als hätten sie sich seit drei oder vier Jahren nicht mehr gesehen.

Es waren fünf, sagt sie.

Sylvia war im Ministerium wie auch später in der Bank als »Fräulein« bezeichnet worden.

Er habe sich überhaupt nicht verändert, sagt sie jetzt.

Das kann Stein unmöglich als Kompliment akzeptieren. Stein legt Wert darauf, sich verändert zu haben.

Warum sie einander überhaupt an diesem Tisch zugemutet werden? Schielin hat sie vermutlich aus Bosheit so gesetzt, keine Frage, eine Bosheit ihnen beiden gegenüber. Wahrscheinlich sitzt Fräulein Maltz neben Stein, damit der sein Lästermaul zügeln muss. Bei dieser Sitzordnung kann er es sich nämlich nicht erlauben, über Christina herzuziehen, zum Gaudium der ihrerseits zu Lästerhaftigkeit neigenden Ann-Kathrin Koch-Gernheim, des spitzohrigen Talkmasters Klamm und des Oberschlapphuts Schöller.

Wie es dem Herrn Vater geht?

Soll er ihn doch selber fragen.

Den alten Maltz. Es wundert Stein nicht, dass die Tochter ihn noch immer begleitet, ein beinahe unzertrennliches Paar.

Er interessiere sich jetzt also überwiegend für die Oper, habe sie gehört.

Das ist auch eine Anspielung. Das dicke Kind war mit Stein in der Oper gewesen, damals, als er noch nicht hatte ahnen können, worauf das Manöver des Alten hinauslaufen würde. Der alte Maltz hatte ihn eingeladen. Stein erinnert sich an eine offene, tiefe, leere, ganz in Rot ausgeschlagene Bühne wie ein Höllenschlund oder das Innere einer wunden Seele. Jetzt sei der Staatsoper schon das Geld für anständige Kulissen ausgegangen, hatte Maltz so gelästert, dass ein hinreichend großes Publikum es hatte hören und amüsant finden müssen. Worauf Sylvia in genau dem gleichen Tonfall geantwortet hatte: Papa, warte doch erst, bis das Blut spritzt, es wird dir gefallen. Ihr Spott war nichts als ein schwaches Imitat des originalen Maltzspottes gewesen. Der Alte hatte geantwortet: Deinem neuen Chef werden eher die Hexen gefallen. Wenn man mit den Kostümen so viel Aufwand betreibt wie mit dem Bühnenbild, sind sie splitternackt.

Der neue Chef war er: Stein hatte sich zu einem Fall von Nepotismus hinreißen lassen, für den er sich bis heute schämt. Er solle gut auf das Kind aufpassen, es werde nicht zu seinem Schaden sein, hatte der alte Maltz betont. Sein Kind war ein verwöhnter Mensch, Maltz hat es eigenhändig verwöhnt. An ein anderes Wort, gefallen, als Stein das dicke Kind wieder aus dem Ministerium hinausbefördert hatte, erinnert er sich nicht minder präzise: Sie wissen, Stein, ich ziele nur auf die Beine. Brustbein, Nasenbein, Stirnbein.

Maltz, sein einstmals größter Förderer, später sein gnadenloser Todfeind, was wiederum für Christina ein Argument dafür gewesen sein muss, ihn ins Kanzleramt zu holen, kurz bevor sie Maltz endgültig erledigt hatte. Sylvia Maltz war jedenfalls nach der kurzen, unerfreulichen Zeit im Ministerium mit Spitzenbezügen bei der Kreditanstalt für Wiederaufbau untergekommen, wo sie bis zum heutigen Tag ihre unheilvolle Wirkung entfaltet.

Ob er ihr, bitte, von der neuen Rheingold-Inszenierung erzählen könne, von der schon so viel zu lesen sei.

Wahrscheinlich will sie heraushören, was zwischen ihm und Maria läuft, oder ihm signalisieren, dass sie bereits Bescheid weiß.

Es wird der Cappuccino von Langostinos aufgetragen. Das Essen kommt von unten herauf, aus dem französischen Feinschmecker-Restaurant, das heute geschlossen hat, weil niemandem zuzumuten ist, sich vor dem Essen durch Menschenmassen zu kämpfen.

Der Kellner, der den Chablis einschenkt, das wiederum weiß Gabi Schwingenstein, sei zum Sommelier des Jahres gewählt worden.

Und stellen Sie sich vor, er ist ein Perser! Ein echter Mohammedaner und dann Sommelier des Jahres!

Voilà, die Globalisierung, jubelt Ann-Kathrin Koch-Gernheim, als sei damit die Menschheit endgültig gerettet. Als sie mit dem Chablis an der Reihe ist, will sie es schon genau wissen.

Sagen Sie, wie wird man Sommelier des Jahres?

Viel Trinken, sagt der schmächtige Mann aus dem Orient.

Klamm, der Talkmaster, muss an dieser Stelle unbedingt mitteilen, einmal einen unvergleichlichen Schampus kredenzt bekommen zu haben, einen 82er Dom Pérignon Rosé, einen Restposten der Tausendjahrfeier in Persepolis. Aus der Magnum!

Erwartungsgemäß darf er bewundernde Blicke ernten.

Die persischen Magnums würden heute mit Sprengstoff gefüllt, sagt der landeskundige Sommelier. Da sein Humor abendlandtauglich ist, dankt auch ihm Heiterkeit. Alle Aufmerksamkeit richtet sich jetzt auf den Geheimdienst-Koordinator Schöller, der prompt eine Prophezeiung wagt. Al Quaidas nächster Angriff werde ein Zentrum des internationalen Tourismus treffen, womöglich ein Kreuzfahrtschiff irgendwo in Asien.

Oder eine Oper, wirft Fräulein Maltz leichthin ein.

Tatsächlich, so Schöller, dürfe man nichts auf die leichte Schulter nehmen.

Der weiß also auch schon davon? Stein hätte das Thema brennend gern vertieft, doch noch lieber hätte er seine Ohren am Tisch »Berlin« und bekäme mit, was Christina und Maria einander zu erzählen haben.

Die Gastgeber, Schielin und Freiin Claudine, flankieren die Kanzlerin, was diese nicht davon abhalten kann, ihre Aufmerksamkeit über den Tisch hinweg an Maria zu heften. Ihre Wissbegier wird so schnell nicht nachlassen. Fragen stellen kann sie, weiß Stein, eine Politikern selten zugeschriebene Fähigkeit. Überraschen aber kann sie Maria mit ihren Fragen nicht.

Unvermeidbar wohl diese: Wie das eigentlich sei, als Frau vor philharmonischen Orchestern zu stehen, in denen Männer dominieren? Maria wird Christina nicht anders antworten, als sie Stein geantwortet hat, dass sie nämlich diese Frage nicht mehr ertragen könne, zumal in ihr ein Unterton unüberhörbar sei. Gegen die Männerbastionen, die niederzubrennen ihr, der Kanzlerin, vergönnt gewesen sei, dürften die Spielchen im Orchestergraben das reinste Vergnügen sein. So ein Unterton. Einer Bundeskanzlerin gebührt Respekt. Deshalb wird Maria behaupten, die Lage habe sich gottlob geändert, und selbst die Wiener Philharmoniker hätten neuerdings eine Konzertmeisterin in ihren Reihen.

Am Tisch »London« werden die Gläser gehoben. Stein hat nicht mitbekommen, weshalb. Seine Tischdame fasst ihn scharf ins Auge. Ganz ohne Konversation kommt er nicht aus, er kann nicht während des gesamten Essens nur daran denken, was am Tisch »Berlin« gesprochen wird. Ann-Kathrin Koch-Gernheim, mit einem beamteten Staatsekretär im Auswärtigen Amt verheiratet, der nach Botschafterposten in London und Brüssel kürzlich erst nach Berlin zurückgekehrt ist, brennt darauf, von sich zu erzählen.

In London sei sie praktisch nur zu Besuch gewesen, ihrer Praxis in Berlin wegen.

Sie sind Ärztin?

Keine Ärztin.

Psychotherapeutin?

Keine Therapeutin.

So ein Theater um ein Rätsel, das er gar nicht lösen will.

Also keine Therapeutin.

Keine Therapeutin, doch so etwas wie ein Coach. Sie habe ihre Existenz als unbezahlte Gesellschaftsdame beendet und sich selbst gefunden.

Eine Praxis zur Selbstfindung?

Stein meint es nicht so spitz, wie es herauskommt.

Er glaube doch nicht im Ernst, sich selbst schon gefunden zu haben, da wäre er der Erste, den sie kenne. Nie höre man auf, sich zu suchen. Ein guter Coach erhöhe erheblich die Wahrscheinlichkeit, sich zu finden.

Ich suche mich gar nicht, sagt Stein.

Glückwunsch, sagt sie. Und das nach einem, nun, doch ziemlich abrupten Abschied aus der Politik.

Er hat keine Lust, sich von einer unausgefüllten Diplomatengattin löchern und womöglich analysieren zu lassen. Aber Christinas Neugier ist gewiss nicht leichter zu ertragen.

Versuchen Sie mich bitte als Dirigentin zu sehen, nicht als dirigierende Frau. Eine Antwort wie Stein sie Maria raten könnte. Aber er ist nicht ihr Coach.

Ann-Kathrin Koch-Gernheim beugt sich ganz nah zu Stein, weil der folgende Satz ausschließlich für ihn bestimmt ist. Was für ein selbstgefälliges und beschränktes Volk!

Sie meint offenbar nicht das Volk unten auf dem Platz, sondern das Volk in diesem Raum. Hält sich für besser als die Besseren, für gebildeter, aufgeklärter, überlegen. Um sich dennoch im Falschen wohl zu fühlen.

Stein nickt bloß.

Christina wird wissen wollen, weshalb Dirigieren noch immer als typisch männlicher Beruf gelte. Sie ist nicht unvorbereitet in dieses Gespräch gegangen, sondern versorgt mit Fakten und Zitaten von Ministerialdirigent Fachinger und dessen Arbeitsstab, also auch mit dem berühmten Wort, wonach es keinen anschaulicheren Ausdruck von Macht gebe als Dirigieren. Den Satz hat Stein kürzlich selbst erst nachgeschlagen. Ja, ja, Canetti. Auch von einem Canetti-Bonmot bleibt nur ein Bonmot übrig und macht die Sache nicht präziser. So in etwa könnte Maria kontern.

Stein gäbe etwas darum, zu sehen, was sich in seinem Rücken abspielt. Gabi Schwingenstein kommt ihm zu Hilfe. Zwischen Talk-Klamm und Schöller-Schlapphut platziert, die sich weit zurückgelehnt hinter ihrem Rücken besprechen, hat die Milliardenerbin freie Sicht auf die Kanzlerin und betätigt sich als Reporterin. Hauptsächlich rede die Dirigentin, berichtet sie. Die Kanzlerin, vermutlich sogar froh, einmal nicht den ganzen Tisch unterhalten zu müssen und jedes Wort als irgendwie bedeutsam auf die Goldwaage gelegt zu bekommen, höre aufmerksam zu. Die Bensson rede übrigens auch mit den Händen, sogar beim Essen, als ob es da etwas zu dirigieren gäbe.

Leider darf Stein sich nicht einfach umdrehen, muss sich das Gespräch vorstellen.

Die Kanzlerin: Dirigieren Sie anders als Männer?

Maria: Ich dirigiere anders als Männer und anders als andere Frauen.

So könnte sie sich ausdrücken, von Christinas Einundallesthema zunehmend belästigt.

Bestimmt wird Christina aber auch von sich selbst erzählen. Kaum vorstellbar, dass sie ihr Erfolgsgeheimnis unerwähnt ließe, das darin bestehe, männliches Verhalten zwar genau zu analysieren, es jedoch niemals einfach nur zu imitieren.

Maria wird ihr möglicherweise widerstandslos zustimmen. Doch unvermutet könnte Christina die Frackfrage nachschieben.

Maria wird einen Augenblick zögern: Ja, auch ich trage Frack.

Darauf Christina: Sehen Sie! Sie schlüpfen in etwas hinein, was es schon gibt.

Maria: Soll ich etwa im Abendkleid dirigieren?

Hilfsweise stellt Stein sich Maria im rückenfreien Abendkleid vor. Das männliche Publikum taub vor Konzentration auf die Muttermale. Kritiker liefern Modeberichte statt Besprechungen.

Maria könnte entgegnen, die Kanzlerinnen-Jacken und Kanzlerinnen-Hosen kämen ihr auch wie Verstellung, wie Berufskostümierung vor, die sie als Mensch unsichtbar machten.

Steins Berührungsbedürfnis ist kaum mehr zu zügeln. Er verlässt die Tafel in Richtung der Toiletten, nicht ohne einen geringfügigen Umweg einzuschlagen. Für den Bruchteil einer Sekunde streift seine Hand wie beiläufig Marias Nacken. Sie reagiert nicht, dreht sich nicht nach ihm um. Wichtiger ist, dass Christina die Berührung nicht entgeht.

Sie wird nicht darauf verzichten wollen, Maria mit der These zu langweilen, Frauen eigneten sich für Führungsaufgaben besser als Männer, weil einfühlsamer, vernünftiger, teamtauglicher. Altbackener, widerlegbarer Blödsinn! Was soll Maria dazu sagen? Vielleicht: Sie lege Wert darauf, autoritär zu sein, mache daraus nur eben keine Schau.

Christina wird nicht anders können, als zuzustimmen,

ohne das Geringste davon zu verstehen. Deshalb könnte Maria versucht sein, einige Aspekte ihres Handwerks näher zu erläutern: Dirigenten organisieren Klang, sorgen für Balance zwischen den Stimmen, regulieren an- und abschwellende Crescendi und Decrescendi, geben Tempi vor und Tempoänderungen an, wobei es auf ständige, kaum spürbare Rubati innerhalb des Grundtempos ankommt, sie setzen Akzente, korrigieren, haben immer das Ganze im Blick.

Wie so oft wird Christina anschließend das Vorgetragene zusammenfassen und dessen Komplexität auf eine Art reduzieren, dass sie das Wesentliche unnachahmlich knapp verfehlt. Selbst nichts anderes zu tun als eine Dirigentin, könnte sie fälschlich schließen. Auch in einer Koalition gehe es unentwegt um Balance. Der Unterschied sei nur, dass im Orchester immer alle dasselbe Stück spielten, in der Politik hingegen jedermann glaube, seine eigenen Noten aufs Pult legen zu müssen.

Sie lachen beide. Tatsächlich meint Stein, aus dem lebhaften Stimmengewirr Christinas und Marias Lachen herauszuhören.

Das Bœuf à la Mode mit Gänsestopfleber und Trüffelcrème. Sylvia Maltz interessiert sich noch immer für die Rheingold-Götter. Warum nur? Hat sie doch ein Leben lang keinen anderen Gott über sich ertragen als Gott Vater. Falls sie noch Jungfrau sein sollte, wovon Stein unbedingt ausgehen zu müssen glaubt, dann deshalb, weil bisher kein Kandidat an Gott Vater heranreichen konnte.

Dagegen behauptet der frühere christliche Spitzenpolitiker Stein, er sei neuerdings der Vielgötterei verfallen. Weil er vom Monotheismus in der eigenen Partei die Nase voll habe. Ob er das hinzufügen soll? Er lässt es weg, wagt lediglich die Auffassung, den Monotheismus für eine Geißel der Menschheit zu halten. Er will das dicke Kind nicht belehren und schon gar nicht bekehren. Verstummen soll es vor Entsetzen.

Da gebe sie ihm vollkommen recht, sagt nicht das dicke Kind, sondern Ann-Kathrin Koch-Gernheim und macht sich daran, ihre Meinung ausführlich zu begründen.

Christina könnte jetzt wissen wollen, worauf es »am Ende des Tages« – eine ihrer Lieblingsfloskeln – beim Dirigieren ankomme. Auf Temperament? Auf Ausdruckskraft?

Was gern Temperament genannt werde, sei nichts als Tand und Schein, wird Maria antworten, so wie sie auch Stein geantwortet hat. Christina, die über das Temperament tief gefrorener Schalentiere verfügt, sich aber als Pultstar einer gewaltigen Staatskapelle fühlt, wird ihr beipflichten. So, genau so, sehe sie das auch.

Der Wille macht den Dirigenten aus! Ist es nicht so?

Ja, ja. Maria sagt nur noch Ja, ja.

Nur würde Christina sich nicht mit Jaja zufriedengeben. Sie könnte widersprechen. Ganz so laufe es in der Politik leider nicht: Wissen Sie, ich versuche jeden Anschein von Befehlshaberei zu vermeiden. Das ist wirklich Kunst. Männer tun meist nur so, als ob sie führten. Ich dagegen regiere, als spielte mein Wille dabei keine Rolle.

Herr Stein!

Einst hatte ihm das dicke Kind das Komplizen-Du angeboten, was er selbstverständlich hätte ablehnen müssen, es aber aus Furcht vor Maximilian Maltz nicht gewagt hatte, mit dem ihn bereits ein Parteifreunde-Du verband und noch immer verbindet. Später hatte sich das Du bei Sylvia von allein erledigt.

Herr Stein!

Ein zwischen Spott und Anmaßung schwebendes Ausrufezeichen.

Herr Stein, erzählen Sie mir von Ihren neuen Göttern.

Mozart, Haydn, Händel, Wagner, Verdi meinen Sie? Der Olymp ist dicht besiedelt.

Und einen Marienkult haben wir auch, sagt sie.

Die Tarte au Chocolat.

Stein wird ein Kärtchen unter den Dessertteller geschoben. »Dr. Ann-Kathrin Koch-Gernheim, Persönlichkeits-Management.« Dazu gibt es ein Lächeln wie einen zusätzlichen Bindestrich.

Wenn Sie wollen, vereinbaren wir eine Probestunde.

Ich könnte es am Ende bereuen.

Ein gewisses Risiko ist nicht auszuschließen, wenn ich Sie in die Finger kriege. Sie könnten tatsächlich den Drang verspüren, Ihr Leben zu ändern.

Von Nebenwirkungen sagt sie nichts.

Ich weine der Politik keine Träne nach. Ob Sie es glauben oder nicht.

Sie wären der Erste.

Ich habe mich nur aus der Liga gewohnheitsmäßiger Selbstbetrüger verabschiedet.

Das ist ein guter Anfang, auf dem wir aufbauen können. Die meisten Menschen wissen gar nicht, was ihnen zu ihrem Glück fehlt.

Stein weiß es, findet aber nicht, dass sie das etwas anginge.

Kommen Sie! Wir machen uns auf die Suche nach Ihrem neuen Lebenszweck.

Warum lässt sie nicht locker? Er will nicht finden, sondern vergessen. In Marias Aura aufzublühen wäre eine Alternative zu jedem Amt in Berlin.

Christina wird inzwischen von Charisma sprechen. Eine gute Antwort Marias wäre, wer sich um sein Charisma Sorgen machen müsse, sei ein hoffnungsloser Fall. Sie kümmere sich lieber um Schlagtechnik und Körpersprache. Das müsse genügen.

Der Hinweis auf die Körpersprache leuchtet Christina vermutlich ein, und deshalb wird sie wissen wollen, wie Maria ihre Gesten entwickle, trainiere und vervollkommne.

Das wüsste Stein auch gern. Vor dem Spiegel?

Ob Christina zugibt, dass sie selbst tatsächlich vor dem Spiegel übt? Für so ein Bekenntnis sind zu viele Ohren um den Tisch versammelt. Allenfalls könnte Christina ihre berühmte Ironie einsetzen. Etwa so: *Der Spiegel* habe ihr noch nie viel geholfen.

Nichts hat geholfen, nicht einmal der Rhetorik-Coach auf Staatskosten, ein ehemaliger Fernsehmoderator. Die einzigen Gesten, die sie zustande bringt, sind hackende Bewegungen synchron geführter Unterarme, die zu Beilen gestreckten oder zu spitzgiebeligen Zelten aneinandergelegten flachen Hände. Dazu brauchte man keinen Spiegel, es sei denn, zum Abgewöhnen.

Christina lässt nicht locker.

Also gut, ein Schnellkurs in Schlagtechnik. Eine bessere Lehrerin könnte sie nicht bekommen. Die Rechte hält den Stab. Die Rechte gibt den Impuls, die Rechte ist der Deutlichkeit verpflichtet. Die Linke dagegen ist Ausdruckshand, die unterstreicht, verdeutlicht, lockt, befeuert, dämpft, beschwört. Im Gegensatz zur Rechten ist die Linke nicht dauernd in Bewegung. Niemals darf sie die Rechte nur spiegeln.

Möglicherweise schlägt Christina vor, das Dirigieren unter Marias Anleitung einmal auszuprobieren. Ihr sähe das ähnlich, ihr, die nicht im Stande wäre, eine Blaskapelle unfallfrei anzuführen, geschweige denn eine Regierung.

Es ist zweifelsfrei der geeignete Augenblick, Christina vorzuschlagen: Kommen Sie doch in die Rheingold-Probe! Dann hätte er den Salat und wäre wieder überflüssig. Dann wäre das Rheingold Chefsache.

Christina wird natürlich nicht zusagen, sondern reflexartig abwehren. Erst geht anderes vor. Sie ist am Tisch »Berlin« doch noch gar nicht dazu gekommen, von den »Menschen« zu sprechen. Politiker sprechen unentwegt von den Menschen. Bei jeder Banalität, die sie von sich geben, geht es sofort um *die* Menschen, als stünde nicht weniger zur Debatte als Wohl und Wehe der gesamten Menschheit. Stein bekommt, seit er nicht mehr die Menschheit, sondern bloß noch ein einziges Menschlein zu retten hat, Brechreiz davon.

Der Kaffee wird draußen gereicht, auch der Sherry, der Cognac. Stein verträgt jetzt keinen Kaffee mehr, sein Magen winselt um Rücksicht. Maria wird in Beschlag genommen, ihn lässt man in Ruhe. Ann-Kathrin Koch-Gernheim hat sich beim Aufheben der Tafel sogar bereits von ihm verabschiedet, nachdem ihre Therapierlust auf keine Gegenliebe gestoßen ist.

Wortlos hat sich auch Sylvia Maltz verdrückt. Nun aber, hoch über dem Pariser Platz, schiebt sich ein fetter Siegelring ins Bild, und das käsige Mondgesicht des alten Maltz geht auf. Schwere Tränensäcke, schwerer Atem, der Mund ein Strich, der beim Sprechen zur Welle wird, aber stets aussieht, als bliebe er geschlossen.

Jakob Stein! Da hatte ich gehofft, es werde ein entspannter Abend. Und dann das. Es treibt dich wohl wieder einmal in die alten Jagdgründe, was? Kann ich verstehen.

Er habe seine Zeit lange genug mit der Böckler verschwendet, sagt Stein.

Womit schlägst du dir die Zeit tot?, sagt Maltz.

Ich nutze sie sinnvoller als früher, sagt Stein.

Du glaubst noch immer, klüger zu sein. So hochmütig bin ich nicht, zu behaupten, mein Leben außer Dienst sei sinnvoller geworden. Ich schlage sie tot, die Zeit. So lange, bis sie mich totgeschlagen hat. Du gehst neuerdings, wie man hört, Tag und Nacht in die Oper?

Wenn das eine Anzüglichkeit sein soll, bitte!

Eher nachts, sagt Stein.

Du bist auch so ein Held, der am prachtvollsten singt, wenn er schon das Messer in der Brust hat. Gehörst zu denen, die erst lamentieren, wenn es zu spät ist. Hör auf, damit die Luft zu verpesten! Es nützt unserer Sache nicht, an Christina zu verzweifeln. Ich hatte dich immer vor ihr gewarnt, nur wolltest du nicht auf mich hören. So ist es doch gewesen!

Stein hat keinen Appetit darauf, den alten Brei noch einmal zu löffeln. Er macht sich besser auf die Suche nach Maria.

Sie hocken mit angewinkelten Beinen nebeneinander auf der neapelgelben Tagesdecke, die sie beide noch blasser macht, als sie sind. Um so zu erbleichen wie gerade Stein, hätten sie freilich sterben müssen. Danach sieht es nicht aus. Es überrascht ihn nicht, dass die beiden Frauen sich auf Anhieb verstehen, er hat mit gegenseitiger Sympathie gerechnet, wie sie Machtmenschen füreinander aufbringen, wenn weder Unterwürfigkeit noch Überlegenheit im Spiel sind. Würden Christina und Maria in ihre vor den Mund geschlagenen Handteller prusten wie kleine, verwöhnte Gören, einander Geschichten erzählen, Frisöre und Ärzte empfehlen, nichts könnte Stein weniger irritieren. Doch sind die beiden vollkommen ineinander vertieft. Christina hält Marias Hand, hält eine von Marias Händen in ihren beiden.

Niemals wird Stein bestätigen, nicht einmal unter Folter, was ihm im Gästezimmer der Schielins den Atem nimmt. Die Tür ist nur angelehnt. Weshalb ist sie nicht geschlossen? Fühlen die beiden sich so sicher? Warum lässt ausgerechnet Christina alle Vorsicht fahren?

Die beiden bemerken ihn nicht. Und Stein kann den Anblick nur so lange ertragen als nötig ist, ihn zu verstehen. Würde man sagen, er ziehe sich diskret zurück, wäre es die unerträglichste aller Floskeln. Könnte er die Augen schließen, würde es nichts nützen, denn dieses Bild ist eingebrannt in seine Netzhaut. Für immer. Da überlagert nun ein neuer Schmerz den alten, den er für beinahe abgeklungen gehalten hat. Der dumpfe, schwächende Schmerz von Schlägen stumpfer Niedertracht. Und nun dieser neue, rasend machende Entzündungsherd.

Stein glaubt zu taumeln. Auf dem Weg zur Toilette stößt er auf Roeder.

Haben Sie Ihre Chefin gesehen?, fragt der.

Chefin?

Ihre alte Chefin.

Eher sollen Stein die Augäpfel vertrocknen, als zuzugeben, was er gesehen hat. Er sei auf der Suche nach seiner neuen Chefin, sagt Stein und probiert ein Lächeln, das spöttisch aussehen soll.

Da hätten sich zwei gefunden, muss Roeder betonen. Das habe er, an ihrem Tisch sitzend, beobachten können.

Falls er damit angeben will, ist es ein denkbar unpassender Augenblick. Dieser Roeder darf unter überhaupt keinen Umständen auch noch ins neapelgelbe Gemach stolpern.

An der Luft. Sie sind an der Luft, sagt Stein.

Unmöglich. Ich komme gerade von draußen, sagt Roeder.

Wird sich schon empfohlen haben, sagt Stein.

Wie war denn das Wiedersehen?

Problemlos, behauptet Stein, der sich notdürftig gefasst hat. Es ist keine Lüge. Christina hat ihn keines Blickes gewürdigt, kein Wort mit ihm gewechselt.

Frau Bensson haben Sie auch nicht gesehen? Würde ihr gern noch ein, zwei Fragen stellen zu der aufregenden Begegnung.

Das würde Stein auch gern.

Er sei nicht ihr Pressereferent, sagt er, aber im Bilde. Im Mittelpunkt der Unterredung habe das Rheingold gestanden. Beide Seiten stimmten in einem außerordentlich offenen, von gegenseitigem Respekt getragenen Gespräch darin überein, dass die Freiheit der Kunst das höchste Gut sei, das es mit Zähigkeit, Augenmaß und Entschlossenheit zu verteidigen gelte. Beide Seiten hätten Stillschweigen vereinbart, etc.

Roeder aber hat sich bereits wortlos abgewandt und stakst davon, nicht ohne sich mit elegantem Schwung ein Glas Margaux vom Tablett eines Kellners zu greifen. Das hält Stein für nachahmenswert.

Auf der Terrasse beugt er sich über die steinerne Balustrade. Wenn er die Augen schließt, kreiselt Berlin. Öffnet er sie, schwebt das Brandenburger Tor über dem Pariser Platz. Wie soll es auch anders sein, die ganze Welt ist Schwindel. Warum sich nicht auf die dort unten versammelte Menge erbrechen? Was Stein kotzen könnte, wäre er selbst, gefressen und halb verdaut von ihr, der Böckler, der Kanzlerin eines Volkes in Feierlaune. Sie frisst und nagt in ihm noch immer, er schmeckt ihren Raubtieratem. Starkes Verlangen, sich selbst hinabzuspeien. Es wäre eine Lösung. Er würde dort aufprallen, wo Politiker hingehören, mitten im Volk. Noch besser wäre es, die Böckler würde dort landen. Weshalb kommt niemand auf die Idee, sie auf diese ultimative Dienstreise zu befördern?

Er will jetzt mit niemandem mehr sprechen. Mit dem Glas in der Hand wankt er bis ans östliche Ende der Dachterrasse, wo sie ums Eck herum der Wilhelmstraße folgt. Dort wähnt er sich, weil das Briefmarkentor nicht mehr zu sehen ist, unbehelligt. An einem Fenster dringt von innen Licht durch geschlossene Vorhänge. Stein klaubt ein paar Kiesel aus den Keramiktöpfen der Zierbäume und wirft sie gegen die Glasflächen. Kein Vorhang bewegt sich. Erwartet er etwa, dass Maria ihm öffnet, Hand in Hand mit Christina? Dass sie ihn zu sich hereinbitten auf Schielins neapelgelbe Tagesdecke? Die auf das Glas platzenden Kiesel sind kaum zu hören bei dem Geräuschpegel.

Die Terrasse endet, wo Schielins Haus an die französische Botschaft grenzt. Unten vor der Einfahrt stehen Wachen, die Wilhelmstraße ist für Fahrzeuge gesperrt und noch immer voller Leute. Stein stellt sein Glas auf die breite Brüstung, stemmt sich hinauf. Es gelingt ihm, das linke Knie über die Kante zu bringen, dann den ganzen Körper hinauf zu wälzen. Flach ausgestreckt und keuchend liegt er so, bis die Erschöpfung weicht und sein

Zustand es zulässt, sich aufzurichten, zunächst nur auf alle Viere, schließlich zu voller Größe. Er bückt sich nach dem Glas, das er abgestellt hat. Der steinerne Steg ist breit genug, um darauf herumzuspazieren, vorausgesetzt man ist schwindelfrei und einigermaßen nüchtern. Einigermaßen ist an Stein nicht mehr viel. Er breitet die Arme aus. Das stabilisiert, verlangsamt die sich drehende Welt. Das Glas in der Linken, balanciert er hoch über der Wilhelmstraße. *Rheingold! Rheingold! Reines Gold! Wie lauter und hell leuchtest du hold.* Es kommt aus voller Kehle. *Rheingold! Rheingold!* Befreiend strömt und röhrt es. *Gebt uns das Gold! Gebt uns das Gold zurück!*

Da sind sie schon wieder, Maltz und sein dickes Kind. Das dicke Kind schreit. Stein schwenkt herum, damit er beide nicht mehr sehen muss. Wie ein Gekreuzigter steht er da mit seinen ausgebreiteten Armen. Von unten schauen Leute herauf. Er wankt ein wenig, was dort unten sofort Geschrei erzeugt.

Stein schwenkt und schwankt erneut herum, sieht wieder Maltz, schüttet seinen Wein auf den käsigen Mond und kippt selbst hinterher. Dagegen kann er nichts tun. Gezogen, gehalten, gefangen, findet in kräftigen Armen er sich wieder.

Das hat ihm noch gefehlt, dass Böcklers Bullen behaupten dürfen, sein Leben gerettet zu haben. Der Gedanke kommt ihm, als er schon in einem Wagen sitzt, ihrem Wagen. Ihre Leute bringen ihn nach Hause, bis hinauf an die Tür. Sie würden ihn auch noch ins Bett bringen, er, wieder bei Sinnen, sich bedanken und versichern, an nichts anderes mehr denken zu wollen als an Schlaf.

Leilah, ma chérie,
welch kurioser, famoser Abend! Es ist dir nicht entgangen, wie spät es geworden ist. Nimm es mir nicht übel, wenn ich mich jetzt erst melde, du hättest meine Mail um halb drei ja doch nicht mehr gelesen, oder? Warst du noch wach? Etwa aus Sorge um mich? (Ich hätte nichts mehr zustande gebracht, beschwipst wie ich war.)
Aber von vorn. Nationalfeiertag. Hoch über der Menschenmenge vor dem Brandenburger Tor, die keine Ahnung hatte, wer da auf sie herabsah. Unten Grillgestank und Lärm. Oben getrüffeltes Bœuf vom Kobe-Rind. Ein Verehrer (meiner Kunst) hatte eingeladen. Die übliche Melange: Unternehmer, Politiker, Fernsehnasen, ein paar Künstler als Garnitur. Dem Gastgeber gehört eine Baumarktkette, seine Frau ist Galeristin. Du wärst aus dem Staunen nicht herausgekommen, hättest du gesehen, was da alles an den Wänden hängt. Hatte allerdings keine Augen dafür, weil ich IHR begegnet bin. Erst mit an ihrem Tisch, später auch noch ganz allein.
Wach ist sie und wissbegierig, und sie hört so zu, dass du dich ernst genommen und verstanden fühlst. Weil sie eine rasante Auffassungsgabe hat, denkt man, hoffentlich verschwende ich nicht ihre Zeit. (Falls du es noch nicht bemerkt haben solltest, die Rede ist von der Kanzlerin.) Sie scheint über die Vorgänge an der Lindenoper im Bilde zu sein, was Rheingold angeht und überhaupt. Wie lange Jonas noch zu halten sei, wollte sie wis-

sen, dabei ist seine Nachfolge nichts, was das Kanzleramt zu entscheiden hätte. Kann mich des Eindrucks nicht erwehren, einer Prüfung unterzogen worden zu sein. Meine Karrierestationen hatte sie bereits im Kopf, wusste z. B., dass ich Jonas in Bayreuth assistierte. Ihre kleinen grauen Augen schienen dauernd zu sagen: Erzähl mir nichts, spar dir die Soße. Oder auch: Mir kannst alles anvertrauen, bleibt unter uns Pfarrerstöchtern.

Jetzt bist du sicher gespannt darauf, zu erfahren, was genau sie interessiert hat. Kann es dir ja bei Gelegenheit berichten. Nur so viel: Sie wollte meine Hände sehen! Hielt sie ihr hin, Handflächen nach unten, als hätte sie vorgehabt, die Sauberkeit der Nägel zu kontrollieren. Mit beiden Patschhändchen, ja doch, es sind Patschhändchen, griff sie zu, drehte die Handflächen nach oben. Bekam ich nun die Linien gedeutet? Sie tastete an den Fingern herum, rieb daran, als wolle sie die Geschmeidigkeit neuer Handschuhe testen. Da haben wir also die visionäre und die pragmatische Hand, sagte sie. Die eine ein Instrument der Vernunft, die andere eines der Seele.

Gab mir Mühe, ernst zu bleiben.

Schwitzen Sie beim Dirigieren? Fragte sie.

Die Hände?

Nein, überhaupt.

Sie wartete meine Antwort nicht ab.

Sie: Die Männer verlangen, dass ich schwitze. Eine ordentliche Parteitagsrede will verschwitzt beendet werden. Den Gefallen tue ich ihnen aber nicht.

Sie hielt noch immer meine Hände.

Ich bin noch nicht im Bett, da ist auch schon ihre SMS auf mei-

nem Handy: Wann immer Sie Hilfe brauchen, geben Sie mir Ihre Hand.
Was sagst du dazu?
Sei geküsst.
MP

Stein stellt sich vor, als Seefahrer auf den Meeren der Liebe die Archipele ihrer Leberflecke zu erforschen, ihren Leib zu kartographieren. Er weiß noch nicht, wo seine Lieblingsinsel liegen wird, ob auf der Innenseite eines Schenkels, ob in der Beuge des Nackens. Dieses Forschungsprojekt soll ihn bis zum Ende seiner Tage auf den schwankenden Planken halten. Eilande über und unter dem Winde wird er entdecken, äußere und innere, kleine und große, neue und alte Inselgruppen, und jeder der Tausend wird er einen Namen geben. Vielleicht sollte er sie nach Musikern benennen, die Mozart-Inseln, die Wagneriaden, das Donizetti-Atoll. Im Reich ihrer Eilande soll die Sonne nicht mehr untergehen. Er will jetzt die Segel setzen und in See stechen.

Stein schickt Maria eine SMS.
Wut und Minne / Wild und mächtig / Wühlt mir den Mut auf! / Wie sie auch lacht und lügt, lüstern lechz ich nach ihr …

Die Antwort kommt auf der Stelle.
Mach dich nicht zum Alberich!

VIER

ALBERICH O, ich Tropf,
ich träumender Tor!
Wie dumm traut' ich
dem diebischen Trug!
Furchtbare Rache
räche den Fehl!

Das Rheingold, vierte Szene

Leilah, ma chérie,
die fiebrige Nebenhöhlengeschichte, die ich mir am Nationalfeiertag einfing, zieht wie gewohnt in den Rachen und setzt sich auf die Stimmbänder. (Sie ist unbedeutend, mach dir keine Sorgen.) Noch mehr fiebre ich der Premiere entgegen. Fuck the piece!
Erste Bühnenorchesterprobe: Ist nicht so schlecht gelaufen. Sieht man davon ab, dass SS mit seiner Arbeit am Ziel sein sollte, es aber nicht ist. Bekam sogar eine neue Rheintochter (nicht so schnuckelig, dafür kann sie singen). Plötzlich war es möglich. Musste nur auf die zwei zusätzlichen Orchesterproben verzichten. Unter uns: Hätte mit Woglinde I leben können und dafür besser auf wenigstens einer zusätzlichen Orchesterprobe bestanden. Woglindes Tränen konnten mich nicht besänftigen. Sie weiß natürlich, dass sich die Umbesetzung herumsprechen wird. Wenn es um Kunst geht, leistet man sich besser keine Sentimentalitäten.
Verschwieg Penk selbstverständlich nicht, wer meine neue Freundin ist. Er spitzte die Lippen, als verkoste er einen seltenen Wein und meinte, am Ende müsse so und so er den Kopf hinhalten.
Und jetzt rate, wo ich heute mein »Arbeitsfrühstück« ein-

nahm. Wir leerten dazu übrigens eine sehr anständige Flasche Wein. Kommst du darauf? Sie verträgt viel mehr als ich, was vermutlich eine Grundbedingung ihres Metiers ist. Während meiner Anwesenheit ließ sie sich von niemandem stören. Kaum zu glauben, dass ich ihr eine gute Stunde lang wichtiger war als das Wohl des Vaterlands. Nicht, dass ich darauf stolz wäre. Es wundert mich nur. Was macht eine Kanzlerin den ganzen Tag? Wäre gern geblieben und hätte zugesehen und zugehört beim Regieren.
Könnte einiges von ihr lernen. Sie folgt der Maxime, wonach der gerade Weg selten der schnellste ist, und der schnellste selten der beste. »Den längsten Atem hat, wer am wenigsten Luft verbraucht.« Verwendete diesen schönen Satz gleich auf der Probe, als das tiefe Blech sich mit Legatobögen quälte. Du brauchst auch nach größten Mühen Reserven, in Bruckners Siebter ist das nicht anders als bei irgendwelchen komplizierten Koalitionsverhandlungen. Erst recht in der Krise, ihrer und meiner (falls es überhaupt eine Krise ist).
Hoffe so sehr, dir geht die Luft nicht aus. Verstehe, wenn du in dieser Situation aus Zürich nicht wegkommst. (Du weißt, wie mein Herz für dich schlägt. Immer.)
Christina Böckler ist herrlich mit sich im Reinen. Scheint ganz aus einem Guss. Nur über das Material bin ich mir nicht im Klaren, muss eine seltene Legierung sein, hitzebeständig und elastisch zugleich. Sie hat Eier, würde man sagen, wäre sie ein Mann. Im Unterschied zu den männlichen sind ihre ziemlich unempfindlich. Hauptsache, sie nimmt meine Sache in die Hand (nicht: meine Sachen. Was du wieder denkst!).

Ja, das würde mir gefallen.
Viele Küsse.
MP

Stein erwartet von Maria, dass sie sich meldet. Es wäre nicht mehr als angemessen, sich bei ihm mit ein paar netten Worten zu bedanken, dafür, ihren sehnlichsten Wunsch erfüllt und ihr die Gelegenheit verschafft zu haben, die sie so unverzüglich, zupackend und entschlossen, genutzt hat.

Er schickt Maria eine Kurznachricht: Hattest du einen angenehmen Abend? Er wird auch darauf keine Antwort bekommen.

Stein traut der Böckler seit jeher jede Rücksichtslosigkeit zu, was aber bei Schielin geschah, macht ihn noch immer fassungslos. Über all die Jahre war seine Überzeugung gewachsen, ihre gesamte Energie fließe vollständig in das Spiel um die Macht. Nun muss er ihr eine davon womöglich unabhängige Leidenschaft attestieren. Dafür hat Stein noch keine Erklärung.

Er weiß, dass sie einen beträchtlichen Teil ihres Lebens gegen alle Neugier vernebelt. Vater, Mutter, schulische Laufbahn, berufliche Stationen sind nicht zu verheimlichen, aber der große Rest des Kontinents Böckler zeigt noch weiße Flecken. Stein stellt fest, dass ihre Rationalität dazu dient, das Tier in ihr in Schach zu halten. Ihre von vielen bewunderte trockene Art, ihre eiserne Gelassenheit: Schallschutzwände, dazu gemacht, nichts von dem, was in ihr rumort, nach draußen dringen zu lassen. Falls etwas rumort. Sie nahm nicht einmal Rücksicht darauf, dass Maria in Begleitung eines Mannes erschienen und dieser Mann nicht irgendein Mann gewesen ist. Sie konnte die Gelegenheit nicht ausschlagen, diesem Mann, diesem speziellen Parteifeind zu demonstrieren, dass er ihr nicht entkommen kann, nicht einmal in eine andere Welt. Nirgendwo ist Stein vor ihr sicher. Eine Lektion. Und beinahe hätte sie ihn auch noch buchstäblich ins Verderben gestürzt, hinab auf den Asphalt der Wilhelmstraße. Er glaubte, dieser Krieg sei Geschichte, aber er ist noch nicht zu Ende. Um ihn endgültig zu beenden, müsste er sie töten, eine Vorstellung, die ihn weder erschaudern lässt noch überrascht. Einmal träumte er, sie mit Pfeil und Bogen zu erledigen. Er hatte vor ihrer Privatwohnung auf der Lauer gelegen. Seine Pfeile hatten sich tief in ihren Leib gebohrt. Alle seine Attentate hatte sie überlebt. Tatsächlich hatte er einige Monate in einem Schützenverein trainiert, weil Franz ihm dazu geraten hatte. Bogenschießen – eine meditative Konzentrationsübung, mit deren Hilfe sich Aggressionen auf schonende Weise abbauen ließen.

Maria wird er ihr nicht kampflos überlassen. Diesmal wird er die Sache für sich entscheiden, weil Christina am Ende wie gewohnt mehr an sich selbst denken wird als an Maria. Wenn die Proteste gegen das Rheingold zunehmen, wird sie nichts mehr für Maria tun wollen. So ist sie. Ihr Charakter ist seine Chance. Denn seine Liebe ist grenzenlos. Es wird Maria nicht gelingen, auf sie zu verzichten.

Leilah, ma chérie,
betrete und verlasse das Boarding House nur noch durch den Hintereingang. Irgendwann wird mir Stein auch dort auflauern. Zwar ist es kein Hotel, in das man einfach durch eine Drehtür hineinspaziert, sondern man braucht eine Codekarte oder muss klingeln, doch leider lässt sich das umgehen. Es gibt eine Verbindungstür zwischen dem Clipper City Home und dem Restaurant im Parterre. Durch sie kam Stein auf mich zu, als ich gerade in den Aufzug stieg, dessen Tür sich zum Glück vor seiner Nase schloss.
Beim nächsten Mal war er schneller, ich aber nicht allein im Lift. Der andere Mann, mit dem ich einmal ein paar Worte gewechselt hatte, ein Literaturkritiker, der im Fernsehen auftritt, bekam nur leider überhaupt nicht mit, in welch brenzliger Lage ich mich befand. Stein nagelte mich gleich mit den Augen fest. Ob es der Bücherwurm für Verliebtheit hielt? Jedenfalls klappte er ein Buch auf, während mir der kalte Schweiß ausbrach.
Wie man so taub sein kann, mein panisches Schweigen zu überhören! Seems to be thrilling, sagte ich zu ihm auf Englisch. Er grinste begriffsstutzig. Der Aufzug hielt im Fünften, und schon war der Literaturfreak entschwunden. Ich musste in den Sechsten, hatte vor Schreck aber den Knopf nicht gedrückt. Stein wusste nicht, in welcher Etage ich wohne. Auch während der endlosen Sekunden, in denen ich nun mit ihm allein wieder nach unten fuhr, starrte er mich nur an. Zurück im Erdgeschoss, bekam auch ich keinen Ton heraus. Mir ging durch den Kopf, wie ich ihm am besten das Knie in die Weichteile ramme. Hätte er versucht, mich anzufassen, wäre es ihm schlecht be-

kommen, es ist nur eine Frage der Technik. Aber er verließ wortlos das Haus, drehte sich nicht einmal mehr nach mir um. Nicht viel später klingelt er direkt an der Apartmenttür. Bin darauf nicht vorbereitet.

Ich weiß, du bist da drin, schreit er.

Das Getrommel an der Tür ist mir so peinlich, dass ich öffne, ihn aber sofort auffordere, auf der Stelle zu verschwinden.

Er lacht, behauptet, auch hier zu wohnen (er meint: in diesem Hotel, was mir in dem Moment aber nicht klar ist, so verrückt wie er sich aufführt), schiebt mich zur Seite, spaziert durch mein Apartment, setzt sich ungeniert in einen der Korbsessel im Wintergarten. Sein Lieblingsplätzchen, meint er. Beim nächsten Mal könne ich ja ihn besuchen.

Ich zeige ihm noch immer die Tür.

»O, ich Tropf, ich träumender Tor!«

Und wenn er das ganze Libretto auswendig aufsagt, kann er mir damit nicht imponieren.

Er wieder: »Zertrümmert! Zerknickt! Der traurigen traurigster Knecht.«

Er hat sie nicht alle! Das ist mir jetzt klar. Mit Wahnsinnigen soll man umgehen wie mit rohen Eiern.

Er wolle mir etwas über Christina Böckler erzählen, daran sei ich doch brennend interessiert.

Bin ich nicht. Ganz bestimmt nicht.

Auf ihre Untreue sei Verlass, et cetera blabla. Blanker Unsinn. Was er sich einbilde nach seinem überaus peinlichen Abgang, sage ich. Er ist – habe ich es schon erzählt? – sturztrunken auf der Brüstung im sechsten Stock herumgeturnt, Christinas Beamte haben ihn vor dem Abgrund bewahrt. Ich will mir gar

nicht ausmalen, welches Licht ein Unfall auf Christina geworfen hätte.
Er zwinge mich, grob zu werden, sage ich, habe aber keine andere Wahl, als die Flucht zu ergreifen. Schlage die Tür hinter mir zu. An der Treppe holt er mich ein.
»Meinem Fluch fliehest du nicht«, schleudert er mir an den Kopf.
Es ging noch einmal gut. Kann dem Hotelpersonal aber nicht verbieten, Stein ein Zimmer zu vermieten.
Wahrscheinlich ist das alles nichts, verglichen mit dem, was du gerade durchmachst. Einem Verrückten kann man entkommen, aber nicht den Trümmern der Weltwirtschaft, die über einem zusammenstürzt. Ach Leilah!
Ich drücke dich.
MP

Im Einstein ist Stein mit Roeder verabredet, noch früh am Tag, also bestellt er wie immer zwei Eier im Glas mit einer Extraportion Schnittlauch. Roeder muss unbedingt Krabben haben.

Er sagt: Sie machen vielleicht Geschichten!

Das ist wahr. Andere machen Geschichte, alles, wozu Stein noch taugt, sind Geschichten. Aber es gibt keinen Grund, sich gegenüber dem Journalisten zu rechtfertigen.

Roeder hat nichts Besseres zu tun, als die Kanzlerin zu rühmen. Soll er sie doch in den Olymp hinaufschreiben! Als Retterin des Vaterlands vor der Wirtschaftskrise, als heilige Georgia, die den vielköpfigen Drachen, wenn schon nicht tötet, so doch zum Haustier zähmt. Amtsinhabern ist jede Krise willkommen, für die sie selbst nichts können. In so einer Krise kann jeder Kanzler nur Richtiges tun, weil selbst Falsches als unvermeidlich erscheint, und wäre es auch vernünftiger, nichts zu tun. In der Krise – es ist ihr größter Vorzug für Politiker – gilt kein Geschwätz von gestern mehr. Gab Christina gestern noch den personifizierten schlanken Staat, macht sie das Land heute zum volkseigenen Betrieb, und alle finden es fabelhaft.

Sie muss die Wirtschaftskrise für ein großartiges Geschenk des Himmels halten, sagt Stein.

Na ja, sagt Roeder.

Stein hat nicht die Absicht, mit Roeder über Christinas Politik zu debattieren. Was er ihm zu sagen hat, ist etwas vollkommen anderes.

Er begleite Maria Bensson seit vielen Wochen. Seit einem Konzert in Paris seien sie unzertrennlich. Sie sei sein neuer Lebensinhalt.

Glückwunsch, sagt Roeder.

Wir wohnen jetzt auch zusammen. Vorerst noch in einem Apartmenthotel. Doch wir sehen uns nach etwas Richtigem um. Es hat keine Eile, wir sind viel unterwegs, und es ist zu früh, darüber zu sprechen. Im Vertrauen: Der Senat rechnet mit dem Rücktritt Jonas van Bloomweghes. Maria wäre für Berlin ein Gewinn. Darum geht es. Große Künstler verhalten sich politisch schnell einmal ungeschickt. Glücklicherweise hat sie mich. Glauben Sie mir, diese Aufgabe ist unvergleichlich verlockender, als Minister zu sein unter Frau Böckler. So, jetzt wissen Sie es. Bei der Rheingoldpremiere werden wir zum ersten Mal öffentlich als Paar in Erscheinung treten. Dann ist es offiziell.

Wann gibt's denn den Ring zum Ring?

So weit ist es noch nicht ganz, gibt Stein zu.

Roeder stellt Fragen. Ob Maria Familie habe? Geschieden sei? Was Steins Familie zum neuen Glück sage?

Er hat nicht die Absicht, zu antworten.

Roeder macht dann noch eine ausgesprochen unangebrachte Bemerkung. Bei Schielin habe es nicht gerade nach großer Liebe ausgesehen.

Wissen Sie, sagt Stein, an der Staatsoper geht es drunter und drüber. Maria wollte die Kanzlerin auf ihre Seite ziehen, damit war sie an diesem Abend sehr beschäftigt.

Leilah, ma chérie,
bin ins Adlon gezogen. Wirfst du mir Verschwendung vor? Erstens habe ich eine kleine Belohnung verdient, und zweitens läuft die Reservierung über das Bundeskanzleramt (neben Regierungsrabatt gibt's auch noch ein Regierungszimmer mit Aussicht aufs Brandenburger Tor.)
Komm und sieh es dir an!
Christina ist so verständnisvoll! Noch ehe ich es ihr erklären muss, spürt sie, was mich bewegt. Sie hätte Wichtigeres zu tun, als sich um eine Dirigentin zu kümmern, die fürchtet,

ihrem Job nicht gewachsen zu sein. Wenn ich mir vorstelle, was sie alles im Blick und im Griff haben muss, will mir, was mich bedrängt, lächerlich gering erscheinen. Stelle mir ihr Leben als permanente Zerreißprobe vor. Sie aber scheint in der Hochspannung ein Gleichgewicht zu finden. Das ist in meinem Metier nicht grundsätzlich anders, nur geht es bei ihr um Dinge von unvergleichbar größerem Gewicht.

Auch sie mischt Klänge (sie nennt es Harmonisierung unterschiedlicher Interessen). Auch sie organisiert Vielstimmigkeit (es ist meine Definition von Politik, die sie bestreitet). Der Politik, sagt sie, fehle die Komposition, der sich alle verpflichten. Auf jedem Pult die Noten eines anderen Stücks. Sie dirigiere sozusagen mit bloßen Händen, weil es demokratischer aussehe als mit dem Stock. In der Politik gehe es nicht so sehr um die Qualität der Musik, als darum, wie gefällig sie klinge. »Ich leite eine Tanzkapelle.« Ein hübscher, aber kein treffender Vergleich. Mir fallen immer mehr Gemeinsamkeiten auf. Wie eine Künstlerin zeichnet sich Christina nicht gerade durch Eindeutigkeit aus. Besteht nicht gerade im Rätselhaften ihr Nimbus? (Ich weiß, dass du Politiker verachtest, auch wenn jetzt die Banken nach ihrer Hilfe lechzen.)

Glaube, dass auch Politiker nicht nur ihrem Land dienen wollen, sondern vor allem sich selbst. Der Unterschied ist nur, dass sie es nicht zugeben dürfen. Ihr Sendungsbewusstsein soll immer über allen Zweifeln erhaben sein. Auch Christina vermittelt den Eindruck, als habe sie ihr Leben dem Amt unterworfen. Das Gegenteil ist aber ebenso richtig.

Von Künstlern verlangt man, Kunst und Leben nicht voneinander zu trennen. Politikern wird genau das nicht verziehen.
Genug, ich beginne zu schwafeln.
Sei herzlich geküsst.
MP

P.S. Sie hat eine hübsche Nase. (Du weißt, wie wichtig mir Nasen sind.) Ich glaube sogar, dass sie ein wenig stolz auf ihre Nase ist. Sie hat mit mir erneut telefoniert. (Sweetheart! Nicht solche Gedanken! Sie wären unter deiner Würde.)

In Roeders Bilderblatt erscheint eine andere Geschichte als die, die Stein ihm im Einstein serviert hat. Er liest sie in Roeders Kolumne »Hinter den Kulissen des Kanzleramts«. Überschrift: »Die Dirigentin und die Kanzlerin.« *Zwei wie sie unterschiedlicher nicht sein könnten, Seit an Seit am Tag der deutschen Einheit.* Was bereits eine Ungenauigkeit ist.

»Auf meinen Wunsch«, schmunzelt Maria Patricia Bensson, von Freunden MP genannt. Auf meinen Wunsch, betont auch die Kanzlerin: »Ich wollte einmal nicht den ganzen Abend lang über die Finanzkrise reden.« Sie liebt die Oper und schätzt die weltbekannte Dirigentin seit langem. »Weil sie sich in der Männerwelt durchgesetzt hat«, sagt sie.

Worüber sich die Regierungschefin und die von ihren Freunden MP genannte Stardirigentin (in der Politik ist MP das Kürzel für Ministerpräsident) unterhalten haben? Darauf bekomme ich keine Antwort von der Kanzlerin. »Das Gespräch mit Frau Bensson war vertraulich.« MP ist auskunftsfreudiger. Außer um ihr genaues Alter (44) macht der attraktive Pultstar keine Geheimnisse um sich. Es sei natürlich um das Thema der Macht gegangen, um die Macht der deutschen Kanzlerin und um die Macht am Dirigentenpult. Was ist das Geheimnis? »Man braucht nur die richtigen Noten«, antwortet MP mit ihrem zauberhaft resoluten Lächeln. Und was ist der Unterschied? Politik ist eher wie Popmusik, glaubt sie. Gespielt wird nur, was die Mehrheit hören will.

»Ich liebe Deutschland«, bekennt MP, »besonders Berlin und die Berliner. Ich kann mir gut vorstellen, hier zu leben.« Natürlich wurde auch über die Rheingold-Premiere gesprochen, die MP am Wochenende in der Lindenoper leiten wird. Sie hofft auf einen ganz besonderen Fan, die Kanzlerin.

Beim festlichen Dinner des Baumarktlöwen Theo Schielin am Pariser Platz wurden außerdem gesehen: Talkmaster Anselm Klamm, Milliardenerbin Gabi von Schwingenstein, Ex-CDU-Chef Maximilian Maltz, Chefdiplomat Hajo Koch-Gernheim, Modeschöpfer Joop, Bestsellerautor Peter Scholl-Latour, Schauspielerin Marina Martinek.

Roeder hätte wenigstens erwähnen können, in wessen Begleitung Maria zur Party erschienen war, findet Stein.

Leilah, ma chérie,
meine rechte Schulter hat sich erneut gemeldet, wie so oft, wenn es ernst wird. Beim Physiotherapeuten (auf Empfehlung Penks). Kennst du die Szene aus Dr. No? Bond als Reha-Patient. Die schöne Pflegekraft umschlingt ihn vielversprechend, dann ein Griff, ein Ruck, alle Wirbel knacken. Der Schreck ist lauter als der Schmerz. Ich weiß, wovon ich spreche! Was diese teuflische Kampfsportart mit meiner Schulter zu tun hat, konnte mir der Knochenbieger nicht erklären. (Er trainiert im Nebenberuf eine Handballmannschaft.) Wie soll das erst sein, wenn ich siebzig bin und weltberühmt? Wäre jetzt lieber unter deinen Händen.
Kuss.
MP

Mehrere andere Blätter berichten. Doch Einzelheiten kann Stein der Presse nicht entnehmen. Da stehen nur Spekulationen. Von einer Morddrohung ist die Rede, aber weder Staatsoper noch Staatsanwaltschaft wollen sie bestätigen. Was für eine Morddrohung? Gegen eine bestimmte Person? Wie begründet? Welcher Absender wird vermutet?

Von einem Vertrauten im Innenministerium erhofft Stein nähere Informationen über den Ermittlungsstand. Sein Gewährsmann ruft knapp zwei Stunden später zurück. Fehlanzeige. Das Bundeskriminalamt habe die Ermittlungen nicht übernommen, der Fall, soweit von einem Fall überhaupt schon die Rede sein könne, liege in der Hand der Berliner Behörden. Nimmt man ihn dort nicht angemessen ernst? Stein will es nicht annehmen. Er fühlt, in welcher Verfassung sich Maria befindet. Angeschlagen, wie sie sein dürfte, würde er sie liebend gern in den Arm nehmen. Alle telefonischen Versuche, mit ihr Kontakt aufzunehmen, scheitern.

Leilah, ma chérie,
bitte reg dich nicht auf! Jemand wollte mir Angst einjagen. Ist ihm (oder ihr oder denen) gelungen. Der Schreck steckt tief und will nicht mehr heraus, auch nicht beim Probieren. Fühlt sich an wie ein Tumor, der gerade entdeckt worden ist, und von dem man noch nicht weiß, ob er bösartig ist oder nicht. Er ist immer da, er neben mir, ich neben ihm, ich neben mir. Es gäbe jetzt nichts Wichtigeres, als den Verstand zusammenzuhalten. Falls jemand die Absicht hat, mich psychisch zu terrorisieren, ist es ihm (oder ihr oder denen) gelungen. Als wäre
ich innerlich taub geworden. Kann nicht mehr dirigieren. Schlug nach zehn Minuten die Partitur zu und verließ das Pult. Wortlos. Ein kalter Abgang. Blackout
Das Orchester hält mich für überspannt, für überfordert, für unbeherrscht. Kam zehn Minuten später zurück. George hat recht, ich darf jetzt nicht die Nerven verlieren. Und schon gar nicht Penk einen Gefallen tun. Der Vorfall natürlich peinlich. Äußerst peinlich. Hoffentlich nimmt ihn mir Jonas nicht total übel. Die Spatzen werden es ihm schon pfeifen. Im Normalfall ist das Verlassen der Probe der Ausstieg aus der Produktion. Aber was ist an dieser Produktion noch normal?

Empfindlichere Naturen wären gar nicht erst zur Probe erschienen. Was das Orchester in diesem Moment nicht wissen konnte, ist dies: »Sie überleben Rheingold nicht. Allahs Gerechtigkeit siegt.« Ein Blatt Papier, es kam mit der Post, aufgegeben in Berlin. Zwei knappe Sätze.
Bin nur für die Musik verantwortlich, trotzdem verurteilt. Ich! Nicht SS, nicht Penk, weshalb ich? Weil ich mich öffentlich äußerte (auf Empfehlung Steins übrigens, dem Idioten)?
Reg dich bitte nicht auf!
Penk hat den Bürgermeister alarmiert, die Polizei, den Verfassungsschutz. Mehr kann er nicht tun.
Ich wusste lange nicht mehr, was Angst ist. Aber früher war die Angst anders. Dem Anruf am Nachmittag, der Nachricht, zum ersten Mal einspringen zu dürfen (Gounods Faust), der ersten Euphorie, dem Glücksgefühl über die ersehnte Chance, folgt schnell der Schreck. Dann hast du dieses seltsame Tier am Hals, die Würgeschlange. Es nützt nichts mehr, dass du das Stück erarbeitet hast. Die Partitur kommt dir vor, als hättest du sie noch nie gesehen. Mit einem Mal glaubst du dich unbeherrschbaren Kräften ausgesetzt. Die Stimmen vermischen sich im Kopf zu unentwirrbaren Klangknäueln. Dazu das Hohngelächter der Neider und Konkurrenten. Wenn du in fünf, vier, drei, zwei Stunden versagst, bleibst du die kleine Korrepetitorin, die sich für lumpige Tausend im Monat abstrampelt. (Schob einst in der Videothek Pornos über den Tresen, um nicht nur den schäbigsten Wein trinken zu müssen, bis ich endlich mal mit dem richtigen Mann ins Bett stieg – nicht Jonas, das war später).

Nur der Wille kann dich davor schützen, den Verstand nicht zu verlieren. Du willst dir deine Chance nicht versauen.
Aber damals hatte ich es selbst in der Hand. Jetzt das ekelhafte Gefühl, jemandem ausgeliefert zu sein.
Unmöglich, unter solchen Umständen nach Zürich zu kommen, auch nicht für ein paar Stunden, das siehst du gewiss ein. Weiß schon, dass ich nirgends sicherer wäre als in deinen Armen.
Denke fest an dich und hoffe, dass deine Company nicht über den Jordan geht (und meine Premiere nicht über die Wupper, wie man hier sagt). Weiß, dass ich z. Zt. eine Zumutung bin für dich, muss aber jetzt mit mir selbst klarkommen. Sieh es einfach so: Bin in keinem Zustand, den ich dir zumuten will.
Okay?
Küsse.
MP

Was ich dir jetzt erzähle, Franz, schwöre, dass du es für dich behältst, schwöre es beim Leben deiner Kinder!

Wenn du Hilfe brauchst, Jakob …

Schwöre!

Hast du jemanden beleidigt? Ist dir die Faust ausgerutscht? Steckst du in ernsthaftem Schlamassel?

Schwöre!

Bist du in Ordnung, Jakob?

Ich kann dir das nicht am Telefon …

Komm schon!

Man kann nicht ausschließen, dass jemand mithört.

Wenn es wirklich nötig ist, setz dich in ein Flugzeug und komm nach München.

Zu riskant. Weil ich hier alles im Auge behalten muss. Kannst du nicht nach Berlin kommen?

Ich soll hier alles stehen und liegen lassen? Wozu? Gib mir wenigstens einen Anhaltspunkt. Worum geht es?

Um eine Entdeckung von, ich möchte fast sagen, historischem Rang.

Das ist doch kein Witz?

Der beste meines Lebens.

Eine Entdeckung? Die dir Angst macht? Wovor?

Nur vor mir selbst. Franz. Ich mache doch noch Geschichte.

Gott, hast du Probleme! Aber du hast schon verzweifelter geklungen. Ich bin mir nicht sicher, Jakob, hast du getrunken?

Du solltest mich besser kennen.

Es geht um Christina Böckler? Habe ich recht?

Nein. Und ich habe auch keinen Böcklerknacks. Ja, und es geht doch um Christina. Aber jetzt kein Wort mehr. Was ich weiß, habe ich mit eigenen Augen gesehen. Die Information ist ein Vermögen wert.

Gut, dann ist meine Reise nach Berlin ja finanziert. Sagen wir zehn Prozent dieses Vermögens für mich.

Franz! Nimm mich bitte einmal ernst!

Ich hoffe, dass ich nicht der Letzte bin, der es tut.

Leilah, ma chérie,
und wenn es doch nicht gutgeht? Nachts reiten Furien auf mir, Furien des Selbstzweifels. Mein Können ist alles andere als ein verlässliches Fundament, mein Talent nur eine Behauptung, kaum mehr als ein Versprechen. Selbst wenn es niemand bestreitet, ich bestreite es. Vollkommen sinnlos, auf die Komplimente und Erfolge von gestern zu setzen. Selbst höchstes Jonas-Lob ist mir nicht mehr viel wert. Kann ich mir denn sicher sein, dass es der Dirigentin in mir galt, oder doch eher ihren sonstigen Talenten? Leilah! Das Ex-Häschen von Jonas ist jetzt ganz Hasenfuß. Versuche mir krampfhaft zu versichern, dass Jonas sich meinetwegen nicht gerne blamieren würde. Also muss es auch musikalische Gründe dafür geben, hier zu stehen – vor der Rheingold-Premiere in seinem Haus. An diese Hoffnung muss ich mich klammern.
Was habe ich bisher schon Großartiges geleistet? Welche meiner Interpretationen ist so unübertrefflich, dass sie konserviert werden müsste? Wann jemals hätte ich eine Sternstunde produziert? Nach meinen Dirigaten läuft niemand wie in Trance durch die Stadt! Wenn es gutgegangen ist, rühmt der eine oder andere Kritiker meine musikalische Intelligenz. Na und! Vergesse natürlich nie den Satz über die »quadrature du cercle«. Werde ich jemals in der Lage sein, das Publikum zu überwältigen? Bin handwerklich solide, es wird mir immer wieder bestätigt. Meine Schlagtechnik, meine Probenart, zweifellos einwandfrei. Aber ich bin nicht der Dirigententyp, der ekstatische Momente herbeizaubert. Bin Kapellmeisterin. Das ist es dann auch schon. Produziere Gelungenes. Ja, es wird mir auch diesmal gelingen. Gelungenes und Geglücktes

sind nicht dasselbe. Die Furien raunen mir zu, niemals bedeutend sein zu können, solange es mich quält, unbedeutend zu sein.
Bin ich zu anspruchsvoll?
Bin ich zu maßlos, um groß zu sein?
Bin ich noch ganz dicht?
Ganz verwirrte Küsse.
MP

Die Kanzlerin, liest Stein, habe dementiert, sich im Streit um die Rheingold-Inszenierung geäußert zu haben. Ihre Begegnung mit der Dirigentin Maria Bensson habe ausschließlich privaten Charakter gehabt. Sie sagt Begegnung, nicht Beziehung. Im Übrigen verstehe sie unter Freiheit der Kunst auch, sich nicht bei jeder Gelegenheit an den Rockzipfel des Staates zu klammern.

Das passt zu ihr, denkt Stein. Die Böckler zieht sich wie gewohnt aus der Affäre.

Die offiziellen Vertreter des deutschen Islam, dies ist ihnen nicht abzusprechen, haben vernünftig reagiert, also zurückhaltend und sachlich. Doch ist der globale Fanatismus binnen Stunden im Netz aktivierbar, Protest steigerbar bis zum Aufruhr. Möglich, dass Maria vom Todesurteil gegen sich nur noch nichts weiß.

Eine Dirigentin, gegen die eine Fatwa verhängt wird, ist tot, selbst wenn sie noch lebt. Ein Schriftsteller kann in diesem Fall abtauchen, nichts ihn am Schreiben und Veröffentlichen hindern. Was aber soll eine Musikerin tun?

In streng bewachten Studios produzieren? Kein Opernhaus, keinen Konzertsaal darf sie mehr betreten. Welchem Orchester wäre ein zum Tode verurteilter Leiter, welchem Publikum diese Gefahr zumutbar? Man könnte Maria töten, ohne den Finger zu rühren.

Leilah, ma chérie,
Christina empfahl mir eine thailändische Masseurin. Nach der Probe also nicht zum Handballtrainer, sondern ins Yi zu Suda, einem zimtfarbenen Engel, der lautlos durch den Salon schwebte. Die Behandlung begann mit einem Katalog von Fragen, wie sie vor chirurgischen Eingriffen beantwortet werden müssen. Hatte auf dem Schema eines Körpers die Stelle zu markieren, der besondere Aufmerksamkeit zuteil werden sollte. Du weißt, wo mein Kringel hingehört hätte. Da ich nicht vor die Tür gesetzt werden wollte, kreuzte ich die Schulter an, entschied mich für das beruhigende Öl mit dem Duft von Orangen und Ingwer statt für das anregende mit Minze. Suda massierte zuerst die heiß gebadeten Füße mit braunem Zucker. Wo man nicht überall erogene Zonen hat! Blickte in Bauchlage durch das Loch in der Massagebank in eine mit rostroten Asternblüten gefüllte Schale. Auf dem Rücken liegend, zogen Wolken über mich hin. Nichts tat mehr weh, nur die Phantasie arbeitete noch.
Deine Vorwürfe, sweetheart, sind ungerecht und unangebracht. Mag sein, dass ich im Augenblick unerreichbar bin für dich. Warum mein Telefon ausgeschaltet bleiben muss, brauche ich dir nicht noch einmal zu erklären. Weil ich mich verfolgt fühle! (Nicht von dir.)

Am meisten irritiert mich meine eigene Schwäche. Gut, dass es Christina gibt. Darf sie jederzeit anrufen (wovon ich natürlich keinen Gebrauch mache). Selbstzweifel erspart mir das auch nicht. Ich kämpfe (aber dann musst du nicht so empfindlich sein).
Küsse.
MP

Im Sagrantino, bei einem Rosso di Montefalco, stippen sie lauwarmes Brot in grünes Öl.

Beantworte mir bitte diese eine Frage, Franz! Könntest du dir vorstellen, mit ihr etwas zu haben?

Mit ihr?

Christina Böckler.

Bitte!

Nur theoretisch. Jeder erwachsene Mann in diesem Land hat sich diese Frage schon einmal gestellt.

Worauf willst du hinaus?

Kennst du irgendeinen Mann, oder hast du von einem gehört, der gesagt hätte, und sei es unter dem Einfluss von Alkohol, anderer Drogen oder auch nur im Scherz, dass diese Frau ihn irgendwie interessieren könnte?

Als Frau?

Ausnahmsweise als Frau.

Mmmh.

So einen Mann kannst du dir nicht einmal vorstellen, Franz.

Worauf willst du hinaus?

Du schaffst es nicht.

Was nicht?

Es dir vorzustellen.

Ob mich die Kanzlerin als Frau interessiert? Seltsame Frage.

Siehst du!

Ich sehe was?

Nichts. *Frau* Böckler wird von keinem Mann als weibliches Wesen wahrgenommen. Das sollte dir zu denken geben.

Eine fragwürdige Behauptung, nicht zu beweisen.

Wir sind schon einen Schritt weiter, Franz, du hattest es bereits bestätigt. Wir sind schon dabei, eine Erklärung dafür zu finden.

Wofür?

Für die Tatsache, dass sie kein einziges Männerhirn bewegt.

Deines offensichtlich schon.

Franz! Das Rätsel ist gelöst!

Welches Rätsel? Nirgendwo steht geschrieben, dass eine mächtige Frau auch mächtig erotisch sein muss. Manchmal genügt das Mächtigsein, um Männer wie dich anzuziehen.

Ach, komm mir nicht schon wieder damit.

Du hattest dich ihr ausgeliefert. Nicht nur du. Ihr liebtet sie alle.

Was heißt denn da lieben?

Gewissermaßen Liebe. Hingabe ohne Liebe ist nicht möglich. Psychologisch gesehen ist dein Amt ohne eine gewisse Abhängigkeit nicht zu machen gewesen. Das geht niemals nur durch den Kopf. Also!

Was du sagst, widert mich an.

War sie an dir als Mann gar nicht interessiert? Ist es das, was dich kränkt?

Kein Wort mehr, Franz! Ihr Psychoheinis seid unerträglich. Es war politische Leidenschaft. Es gab gemeinsame Ziele. Dafür habe ich mir den Arsch aufgerissen und bitter dafür bezahlt.

Und aus Gekränktheit lässt du nun nicht einmal mehr die Frau an ihr gelten.

Franz, sie ist eine Lesbe!

Du machst sie dazu!

Aber ich sah sie mit eigenen Augen! Maria und Christina.

Schlag sie dir endlich aus dem Kopf, am besten beide.

Wie könnte ich mir Maria aus dem Kopf schlagen? Sie füllt mich vollständig aus.

Was willst du mit ihr, wenn sie sich doch für eine andere interessiert? Auch noch für die Frau, die deine Karriere zerstört hat.

Das geht vorbei, sagt Stein. Ich gebe sie nicht her. Nicht an die Böckler. Nach der Premiere wird Maria darauf kommen, was ich ihr bedeute.

Gib sie auf!

Sie braucht mich und wehrt sich gegen diese Erkenntnis.

Begreifst du gar nichts? Du hast nur die Frau gewechselt. Maria ersetzt Christina, Orchesterchefin Regierungschefin. Schon wieder bist du der Macht verfallen, statt einer realen Frau. Was weißt du wirklich von ihr?

Wir haben uns geküsst, Franz!

Leilah, chérie,
du spottest. Doch es ist nicht, was du glaubst. Weder bete ich sie an, noch sie mich. Allenfalls beneidet sie mich.
Sie beneidet mich sogar um meinen Agenten, obwohl sie von Beamtenstäben umgeben ist, die ihr jeden Wunsch von den Augen ablesen. Sie bildet sich ein, alles, was mich von der Kunst ablenken könne, werde mir abgenommen. Bat sie, nicht an den Weihnachtsmann zu glauben.
Sie sagt, ich ahnte nicht, wie viele Nullen es in höchste Ämter schaffen. Sie meint, dirigierende Blender könnten vor keinem Orchester bestehen.
Illusion! Versuchte, sie ihr zu nehmen, doch es ist zwecklos.
Sie sagt, ich würde für meine Sensibilität mit Beifall überschüttet, sie dagegen sei gezwungen, ihre Empfindsamkeit auszuschalten wie ein defektes Gen.
Widersprach natürlich. Politik sei letztlich nichts anderes als Gefühlsmanagement.
Der Begriff amüsierte sie. Sie will meine Ansicht nicht akzeptieren, dass Wählerstimmen nichts anderes ausdrücken als Ängste, Hoffnungen, Ressentiments etc. Die Dirigentin im Kanzleramt schürt Hoffnungen, entschärft Ängste.
Sie: Politik handle vom Haben und Nichthaben. Damit höre jeder Spaß schnell auf.

Ich dagegen halte Gerechtigkeit, Wohlstand, Sicherheit, etc. für reine Behauptungen, also für Erregungszustände.
An dieser Stelle sagt sie: An mir sei eine Politikerin verloren gegangen.
Meine These: Wahlergebnisse sind nicht rationaler erklärbar als die Wirkung von Musik. Sie bestreitet es nicht.
Musik: Algebra der Gefühle. Politik: das Jonglieren mit Instinkten und Emotionen.
Sie stellt wieder seltsame Fragen. Ob ich traurig sei, wenn ich traurige Musik dirigiere, bzw. berauscht, wenn ich berauschende Musik spiele.
Versichere ihr, dass Musik immer berührt. Aber man darf sich weder den hellen, noch den dunklen Gefühlen ganz aussetzen. Du konzentrierst dich auf die Parameter, die das Gefühl erzeugen. Bist also emotional mitgenommen und zugleich immer kontrolliert. Es kommt schon vor, dass Musiker heulen, so aufgewühlt sind sie. Aber nach dem Konzert.
Im übrigen: Auch die Zuhörer sind nicht verzweifelt, wenn ein Stück Verzweiflung ausdrückt. Wäre es so, müssten die herrlichsten Werke wegen Selbstmordgefahr verboten werden. Außer schön zu sein, kann Musik nichts. Selbst das Trostloseste ist in ihr niemals trostlos. Weil sie dem Rausch wie der Trauer eine Form gibt, macht sie Gefühle erträglich. Darin besteht die Macht der Musik.
Ob niederschmetternd tragisch, beklemmend zart, aufbrausend herb, selig rein, gespenstisch düster, schwärmerisch erhaben, herzbewegend schlicht, von träumerischer Magie oder erleuchteter Klarheit (da staunst du, hätte das Zeug zum Kritiker!): Das Wunderbarste an der Musik ist doch ihr unend-

licher Reichtum an Nuancen. Es sind viel mehr Stimmungen, als es Adjektive dafür gibt.
Christina hört mir so gespannt zu, als habe sie Trost nötig.
Sie kommt in die Premiere, verspricht sie.
Wie wunderbar! Findest du nicht?
Küsse.
MP

P.S. Aus irgendeinem Grund erwähnte ich Stein. Christina quittierte seinen Namen mit einem seltsamen Geräusch, so ähnlich wie eine sehr trockene Bronchitis oder eine knarrende Tür. Stein sei an der männlichen Unfähigkeit gescheitert, seine Grenzen zu akzeptieren.

Stein erschrickt, als er die Nummer auf seinem Handy sieht. Er hat nicht mehr daran geglaubt, und das Glück tost in seinen Adern, als er ihre Stimme hört.

Maria!

Maria sagt: Warum musst du deine dämliche Obsession auch noch öffentlich machen?

Sie ist wütend, er kann es verstehen. Aber es ist zweitrangig. Wichtig ist allein, dass Maria wieder mit ihm spricht. Lieber hat er sie zornig als gar nicht. Wenn er ihr alles erklärt hat, wird sie begreifen.

Wie kommst du dazu, einem Journalisten solchen Quatsch zu erzählen?

Roeder? Aber der hat meinen Quatsch doch gar nicht geschrieben! Der hat seinen eigenen erfunden.

Weil er Ihnen die Lügen nicht abkauft. Er sprach mit mir, wie es sich gehört.

Warum sollte es nicht erlaubt sein, das Ersehnte in die Welt zu setzen und dem Glück auf die Sprünge zu helfen?

Seine kleine Übertreibung möge sie als sonderbare, doch von Herzen kommende Liebeserklärung verstehen. Er habe sie damit überraschen wollen. So wie einer seiner Freunde. Der habe seinen Heiratsantrag von einem Flugzeug über das Haus der Braut schleppen lassen.

Meine Idee war, dass du meinen in der Zeitung liest.

Es würde Stein nicht wundern, wenn sie jetzt in Tränen ausbräche vor Rührung.

Sie wissen, was das bedeutet, sagt sie.

Das will er hoffen.

Ich zeige Sie an, sagt MP.

Noch einmal dirigiert Stein das Orchestervorspiel von Rheingold. Er hat vor sich die Dover-Ausgabe der Partitur mit drei hocherotischen Jugendstilnixen unter einem Regenbogen auf dem Cover und mit Wagners Widmung. *Im Vertrauen auf den deutschen Geist entworfen und zum Ruhme seines erhabenen Wohlthäters des Königs Ludwig II von Bayern vollendet von Richard Wagner.* Und dazu das Gedicht mit den Zeilen *Was Du mir bist, kann staunend ich nur fassen / Wenn mir sich zeigt, was ohne Dich ich war.*

Als er das liest, kommen Stein wieder Tränen. Aber dann: Ruhig heitere Bewegung. Reines Es-Dur. Die vier zweiten Kontrabässe haben sogar die unterste Saite nach Es gestimmt. Der Kanon der acht Hörner. Keines patzt.

Später die Wellen, das Wallala weiala weia: erst die Celli, dann die Bratschen, die zweiten Violinen, die ersten Violinen, immer heftiger wogend. Die Trompeten, die Hölzer greifen das Hauptthema auf. Stein gibt exakte Einsätze. Er hat die Partitur vor sich, verlässt sich nicht aufs Gedächtnis. Der Karbonstab, nicht zu leicht, nicht zu schwer, liegt wunderbar in der Hand. Vielleicht hätte er Talent zum Dirigieren gehabt, doch im Haus seiner Eltern stand kein Klavier. Er weiß, dass das eine Ausrede ist. Wenn er sich ernsthaft mit Musik hätte befassen wollen, wäre ein Klavier angeschafft worden. Sein Fleiß und seine Leidenschaft hatten nicht ausgereicht. In der Jungen Union gab es Erfolg mit geringerem Aufwand an Talent und Disziplin.

Es ist der Böckler-Stab, den er in die transparente Plastikhülse zurückschiebt, mit dem er das Clipper City Home verlässt, die Behrenstraße hinuntergeht, das Gebäude der Opernintendanz betritt. Mit dem Stab winkt er dem Pförtner zu wie mit einem Ausweis. Blumen hat er auch besorgt. Für MP, sagt er. Der Mann hat ihn oft genug kommen und gehen gesehen, hat vom Hausverbot nichts mitbekommen oder will es nicht zur Kenntnis nehmen. Stein findet den Weg zum Dirigentenzimmer. Es ist abgeschlossen. Eine Reinigungskraft im blauen Kittel schiebt ihre Utensilien durch den Flur, ist bereit, ihm zu öffnen. Auch dabei hilft ihm der Zauberstab.

Stein fährt mit der Hand über die schimmernde Oberfläche des Flügels, als gelte es Staub wegzuwischen. Die Partitur liegt darauf, ein Griff aus Kork ragt aus ihr heraus. Er schlägt die Partitur an der Stelle auf, die der Stab markiert. Es ist der Beginn der vierten Szene. *Freie Gegend auf Bergeshöhen. Die Aussicht ist noch in fahle Nebel verhüllet wie am Schluss der zweiten Szene.* Mäßigen Tempos entwickelt sich die Szene ohne Pause aus dem Zwischenspiel heraus. *Wotan und Loge, den gebundenen Alberich mit sich führend, steigen aus der Kluft herauf.* Dicke blaue Striche, rote Ausrufezeichen, große, unübersehbare Signale sind Haltepunkte im Labyrinth der Noten.

Stein nimmt Marias Stab in die Hand, malt mit ihm ein paar Wolken in die Luft, schnuppert an ihm, klemmt ihn sich zwischen Oberlippe und Nase, wie einen surrealen Schnurbart, küsst ihn. Er schraubt die Plastikhülse seines eigenen, des Böckler-Stabes auf, zieht den heraus. Marias hölzernes Stöckchen ist um wenige Zentimeter kürzer. So ein handgedrechseltes Instrument gehört in ein samtgefüttertes Etui, nicht in eine Plastikscheide. Stein dirigiert jetzt mit dem Karbonstöckchen ein paar Takte und betrachtet dabei sein Spiegelbild im schwarzen Lack des Flügels.

Hier also bereitet sich Maria vor. Eine Stunde, eine halbe Stunde, die letzten Minuten vor der Premiere verbringt sie genau hier. Hier hört sie die Klingelzeichen, die Durchsage der Inspizientin, die die Damen und Herren der Staatskapelle in den Graben bittet. Stets verzögert Maria den Beginn um wenige Minuten. Auch das ist Teil ihres Rituals. Sie hat es von Jonas van Bloomweghe übernommen, der das Podium, wo auch immer auf der Welt, mit exakt sieben Minuten Verspätung zu betreten pflegt, eine abergläubische Marotte, ein Machtspielchen. Der Dirigent, niemand sonst, bestimmt Anfang und Ende. Er ist immer pünktlich auf die Sekunde, aber nach seinem eigenen Maßstab.

Nimmt Maria vorher noch etwas zu sich? Beruhigendes oder Aufmunterndes? Grünen Tee? Ein Glas Champagner? Blättert sie noch einmal in der Partitur? Setzt sie sich in einen der beiden abgewetzten Ledersessel und schließt die Augen? Jetzt verwandelt sie sich zum Medium, durch das die Musik hindurchströmt. Das Wichtigste und vielleicht Schwierigste ist es, das Anfangstempo zu fühlen. Es schwingt im Dirigenten, noch ehe er das Podest besteigt und den Taktstock hebt. Ein um eine Nuance falsch angeschlagenes Tempo, und die Statik der ganzen Oper kann aus dem Lot geraten. Stimmt das Verhältnis der verschiedenen Tempi zueinander nicht mehr, drohen Sänger aus dem Tritt zu kommen, wird alles zu hastig oder, schlimmer, zu träge.

Stein stellt sich das Tempo des Vorspiels vor. Er summt es, aber es beginnt nicht mit einer Melodie, sondern mit einem lang anhaltenden Ton. Auch so ein über viele Takte gezogener Ton besitzt ein inneres Tempo, man hört es nur nicht. Man muss diesen Ton als Teil des Ganzen begreifen. Das Wesen des Werks erhebt nun seine Stimme und fordert sein Recht. Stein spürt die Last, ihm gerecht zu werden. Sie raubt ihm die Sicherheit, die Gelassenheit, sie frisst alles auf, was er studiert und geprobt hat. Dabei ist das Erprobte doch alles, auf das er sich jetzt noch verlassen kann, etwas anderes steht nicht zur Verfügung. Was ist es in diesem Augenblick noch wert? Er spürt, wie sein Körper in einen Ausnahmezustand gerät. Den Beistand aller guten Geister ruft Stein herbei. Am Flügel klappt er den Deckel über der Tastatur auf, schlägt mit dem Zeigefinger zaghaft ein, zwei Tasten an, hört Stimmen auf dem Flur.

In diesem Raum kleidet Maria sich um. Der Smoking hängt am Bügel, die dazu gar nicht passenden lila Schuhe, auch sie Bestandteil des Rituals, stehen parat. Achtlos wirft sie Hemd und Jeans über einen der beiden Sessel. Sie trägt einen schwarzen BH, einen schwarzen Slip, schwarze Strümpfe, hebt nun beide Arme, als stehe sie bereits vor dem Orchester. Komm!, sagt sie. Ihre Arme umfangen ihn. Er küsst ihren Hals, umfasst ihre Taille, drängt sie in die Rundung des Flügels. Sie winkelt ein Bein an, presst es gegen seine Hüfte. Dann umschlingen beide Beine sein Becken. Behutsam lupft er sie auf den Flügel, streift ihr den Slip herab. Dort oben will sie aber nicht bleiben. Sie rutscht hinunter, löst ihm den Gürtel, wendet sich um, streckt ihm ihren Popo entgegen und breitet Oberkörper und Arme auf dem schwarzen Instrument aus. Mach schon! Er macht. Konzentriert sich auf das Tempo, das exakt richtige Tempo. Nicht treiben. Schon gar nicht schleppen. Das verlangt Intuition und Disziplin. Seine Stöße bilden Sequenzen, die jeweils mit einer Achtelpause schließen, die Maria wiederum mit einer Muskelkontraktion füllt. Das Rheingold-Finale vereint Himmel und Erde. Über den Regenbogen schreiten die Götter der Burg zu, die im hellsten Glanz erstrahlt.

Die letzten sechzehn Takte, Fortissimo in Ges-Dur. In den Trompeten das wuchtige Motiv im Dreivierteltakt. Flöten, Oboen, Klarinetten, Hörner begleiten es mit scharf gestoßenen Triolen, dazu die stürmischen Harfen, die flirrenden Sechzehntel der Violinen und Bratschen. Posaunen, Tuben, tiefe Hölzer nehmen das strahlende Thema auf, das sechsmal ertönt. Sechsmal das brausende Motiv, das alles mitreißt, ehe es mit zwei schweren Akkorden schließt.

Leilah, ma chérie,
arglos, wenn auch ein wenig zerstreut, betrete ich das Dirigentenzimmer (es hätte mir auffallen müssen, dass die Tür nicht verschlossen ist), setze mich ans Klavier um mir eine Passage zu vergegenwärtigen (den Übergang zum schnellen Einsatz von Holz und Hörnern nach Alberichs Tarnkappenauftritt). Du kannst dir nicht vorstellen, welchen Schreck mir die Stimme hinter mir versetzte: »Niemand sieht mich, wenn er mich sucht; doch überall bin ich, geborgen dem Blick.« Lasse mich zu einem Schrei hinreißen, was mir peinlich ist. Wie eine Hausfrau, die auf der Kellertreppe einer Maus begegnet. Es ist aber eine ausgewachsene Ratte. Du ahnst, von wem ich spreche.
Der Exminister. Nimmt sich das Recht, in mein Zimmer einzudringen und mir aufzulauern. Jemand muss ihn hineingelassen haben. Nur mit mir reden wolle er. Natürlich. Sie wollen alle nur reden. Selbstverständlich greife ich zum Telefonhörer. Noch ehe ich es tun kann, stürzt er sich auf mich, hält mich

fest, schreit mich an. Zu vermuten, dass er nicht richtig im Kopf ist, hilft in dieser Situation nicht weiter. Darf ihn nicht reizen, da seine Gewaltbereitschaft nicht einzuschätzen ist. Ich beginne wieder zu spielen, was misslingt. Seine Wichsgriffel berühren mich nämlich am Nacken. Ich schlage den Deckel zu. Er packt mich an den Schultern und versucht, mich zu sich herumzudrehen. Brüllt mich an: Was ich an Christina so toll fände?
Da ich ihn um jeden Preis loswerden will, rede ich, rede und rede, bis endlich Vanessa an die Tür klopft und ich »herein« rufe. Oh, Besuch, sagt sie, und ist schon wieder weg. Erst jetzt entdecke ich die Blumen, die Stein auf den Flügel gelegt hat. Ich nehme sie, bedanke mich, sogar mit einem Wangenkuss (wozu man fähig ist in der Not!). Es wirkt Wunder. Ich verlasse den Raum, als wäre nichts geschehen.
Natürlich informiere ich unverzüglich Penk. Er fordert mich auf, mit meiner »Beziehungskiste« die Staatsoper zu verschonen. Es handelt sich um einen massiven Fall von Stalking, doch habe ich nicht den Eindruck, dass er mir das abnimmt. Wie sollte er das auch verstehen. Ich verstehe es selbst nicht.
Küsse.
MP

Das Gerücht verbreitet sich in Windeseile. Online erreicht es Roeder, der wiederum die Geschichte von Stein bestätigt haben will. Der aber weiß auch nichts. Was er wisse, sagt er, vertraue er lieber dem Frisör seiner verflossenen Frau an als noch einmal dem Herrn Hofberichterstatter Roeder. Im Übrigen, so Stein, halte er in dieser Affäre alles für möglich.

Aus dem, was Roeder gehört haben will, kann Stein sich die Schlagzeile zusammenreimen. »Attentat auf Dirigentin.« Ein Stich ins Gesicht. Erste Meldungen sprächen von Lebensgefahr.

Es hat so kommen müssen. Warum hat sie sich auch nicht von ihm beschützen lassen? Es ist ihre eigene Schuld. Stein bittet Roeder, ihn auf dem Laufenden zu halten.

Er ruft Penk an. Der Intendant, heißt es, sei in einer Besprechung. Also, schließt er, tagt ein Krisenstab. Stein aktiviert seinen Kontakt ins Innenministerium; dort will man nichts von einem Anschlag wissen.

Wäre Maria tot, hätte die Geschichte ein Ende. Ein furchtbares Ende, doch wenigstens ein Ende. Eines, mit dem er leben könnte. Die tote Maria wäre nicht mehr in der Lage, ihn zu verlassen. Sie bliebe in ihm lebendig. Gegen diesen Gedanken kann er nichts unternehmen.

Roeder erneut am Telefon. Er weiß inzwischen mehr. Es gibt auch eine Aufnahme. Es zeigt, wie sie die Klinik verlässt. Sie sieht aus wie Wotan, sagt Roeder.

Leilah, ma chérie,
wenn du ein Wrack sehen willst, musst du dich schon zu mir bemühen. Von meinen Nebenhöhlen will ich nicht mehr sprechen, und mein Rücken ist selbst unter den Händen Sudas noch ein Kreuz. Und nun auch noch dies. (Konnte dir Einzelheiten

am Telefon nicht zumuten, weil ich deine Entsetzenslaute nicht verkraftet hätte.) Was mir zustieß, hältst du bestimmt für unmöglich. Doch glaube mir, es haben sich schon andere Dirigenten bei der Arbeit ernsthaft verletzt, und es waren nicht die schlechtesten. Ein Taktstock ist spitz. Manch einer führt ihn wie eine Waffe (ein Florett). Auch weniger energischen Naturen kann es passieren, dass sie sich wehtun. Es kommt vor, dass der Stab im Fleisch steckenbleibt und abbricht. Vor allem die linke Hand ist gefährdet. Bei mir ist es nicht die Hand. Mein Gesicht! Stell dir einen Seeräuber vor, Graf Stauffenberg oder Wotan. Davon abgesehen, dass unser aktueller Lindenopern-Wotan einer ist, der keine Augenklappe trägt, weil er Mohammed ist oder Ölscheich. Ist meine Augenklappe die Strafe dafür? Bin nicht scharf auf solche Erklärungen.

Warum Wotan so eine Klappe hat? Wegen der Vorgeschichte: Für den Trank aus dem Quell der Weisheit musste er ein Auge opfern. Bin nun der wahrscheinlich erste Ringdirigent mit Augenklappe, leider nicht, weil ich Weisheit geschöpft hätte. Bin selbst verantwortlich für die Dummheit.

Es ist nicht so lustig, wie es sich anhört. Ganz zum Schluss, wenn die Götter in Ges-Dur (eine fürchterlich künstliche Tonart) über den Regenbogen schreiten, geriet mir der Stock ins Gesicht. Sah auf dem rechten Auge gar nichts mehr. Sofort panische Angst, ich könnte das Auge verlieren. Kann man mit nur einem Auge Partituren lesen und zugleich das Orchester und die Bühne »im Auge« behalten? Wurde sofort in die Charité gebracht. Grauenvolle Nacht. Am Morgen nach abermaliger Untersuchung dann Hoffnung. Die Ärzte sagen, ich hätte Glück gehabt.

Mit nur einem Auge ist es, als ob man auch beim Hören ein Handicap hätte, der Sinnesapparat ist insgesamt aus dem Lot. Muss mich schonen, Erschütterungen meiden. Sollte vernünftigerweise die Premiere absagen. Ausgeschlossen! George habe ich die Sache noch gar nicht gebeichtet, weil ich fürchte, er zieht mich sofort aus dem Verkehr. (Penk wäre es nicht unwillkommen. Er sondiert schon den Markt, sagt Jonas, der mich anrief und mich ganz lieb tröstete.) Und stell dir vor: Christina schickte Rosen!
Stach mich übrigens nicht mit meinem eigenen Stab. (Meine Stäbe sind aus Birkenholz und von dem Orchesterwart in Amsterdam hergestellt, der sie auch für Jonas drechselt. Sie sind tatsächlich ein Geschenk von ihm.) Mit dem eigenen Stab hätte ich mein Auge wahrscheinlich verschont, weil ich ihn gewohnt bin. Hatte ihn wie immer als Lesezeichen in die Partitur geschoben. Dort steckte jedoch ein anderer. Warum mir das nicht auffiel? Es fiel mir auf, doch sonderbarerweise dachte ich mir nichts dabei. Der fremde Stab ist aus Karbon. Leichter, länger – und gefährlicher (spitzer, weniger elastisch).
Ich muss versuchen, die Generalprobe mit halber Kraft zu dirigieren. So schnell gebe ich nicht auf.
Küsse.
MP

Auch Hiltrud, Fricka Zwo, gibt nicht auf. Sie teilt Stein mit, dieses und jenes zu wissen. Stein zweifelt nicht daran. Sie sagt, es lasse sich nicht am Telefon erzählen.

Wenn es denn überhaupt sein muss, ist ihm Hiltrud

nur noch im Zustand vollkommener Nüchternheit gestattet. In der Halle des Hotel de Rome vermeidet er jeden Körperkontakt mit ihr. Auch Hiltrud besteht diesmal nicht auf einem Begrüßungsküsschen, so peinlich scheint ihr zu sein, was geschehen ist. Die Knochige kommt nicht vor. Steins nächtliche Verschleppung und Flucht haben nicht stattgefunden.

Ungeheueres sei geschehen, sagt Hiltrud, etwas, das überhaupt noch nie geschehen sei, nicht so weit sie sich erinnern könne, was etwas heißen wolle. Die Kanzlerin auf der Probe! Einfach so.

Zu lesen ist es nicht gewesen. Stein wundert sich.

Ohne Presse? Einfach so?

Warum, Herr Stein, besprechen wir zwei beide das nicht bei einem Käffchen?, sagt Hiltrud.

Er kann ihr das jetzt nicht abschlagen.

Sie erzählt ihm also dieses und jenes. Binnen weniger Stunden sei das Ensemble zu einer Extraprobe mit Klavier zusammengetrommelt worden, mit Regisseur, einer szenischen Probe.

Das ist unmittelbar vor der Generalprobe eigentlich unmöglich, denn die Arbeit des Regisseurs ist zu diesem Zeitpunkt beendet, ob erfolgreich oder nicht. Also alles Show. SS sollte für die Böckler so tun, als ob er probiere. Die Kanzlerin lässt sich zuvor von Penk die Bühne zeigen, die Maschinerie, die Rheingold-Kulissen. Dann wird für sie die Verwandlungsszene gespielt. Alberich mit Tarnhelm. Wotan und Schlaumeier Loge – *Vor Klugheit bläht sich zum Platzen der Blöde* – staunen nicht genug.

Deshalb macht Alberich auch noch die Riesenschlange. *Hehe! Ihr Klugen, glaubt ihr mir nun?* Sie tun es nicht. Weshalb Alberich auch noch den Trick mit der Kröte zeigen muss. *Krumm und grau krieche Kröte!* Dabei gibt es immer was zu lachen.

Noch ein Käffchen?

Für mich ohne Schuss, sagt Stein.

Wie sich Hiltrud das zusammenreimt?

Penk sieht den Besuch der Kanzlerin als Solidarität in schwerer Stunde, sagt sie.

Dann lassen wir ihm den Kinderglauben, sagt Stein.

Er würde viel darum geben, die Generalprobe zu sehen.

Das lässt sich machen, sagt Hiltrud, du hast ja mich.

Leilah, ma chérie,

Penk muss über ihre Ankunft rechtzeitig informiert gewesen sein, ich war es nicht. Er führte sich auf, als handle es sich um einen offiziellen Staatsbesuch und ließ sie keine Sekunde aus den Augen. Bis sie endlich zu ihm sagte, »dann lassen Sie uns zwei beide mal schön allein«.

Im Dirigentenzimmer wollte sie alles über mein Auge wissen. Und über die »Tatwaffe«. Sie nahm den Stab ehrfurchtsvoll und unbeholfen in die Hand, schnupperte sogar daran. Dabei zog ein Leuchten über ihr Gesicht.

Ohne das da wärst du nur eine Musiklehrerin, sagte sie.

Manchmal trifft sie wirklich ins Schwarze.

Dann wieder ihre Wissbegier. Warum manche Dirigenten einen dicken, kugelförmigen Griff bevorzugten, andere einen

schmalen? Demonstrierte ihr, wieso sich ein Stab mit dickem Griff eleganter bewegen lässt. Und einer mit schlankem Kork wie eine Peitsche (für »tierische« Dirigenten).
Sie sagte: Du darfst jetzt keinen Fehler machen.
Was für einen Fehler?
Etwas tun, was ich später bereuen könnte.
Mich bringt schon niemand um, sagte ich.
Darauf sie: Das mit dem Stab war Pech. Aber was ist mit der Drohung?
Ich solle denen, die mich bedrohen, das Gefühl geben, sie ernst zu nehmen.
Bin mir nicht sicher, ob ich sie richtig verstand. Wer steckt dahinter? Und weshalb? Soll ich die grassierende Islamistenfurcht wirklich ernst nehmen?
Schlug ihr vor (damit unser vertrautes Gespräch kein böses Blut gibt), das ganze Leitungsteam einzubeziehen. In der Kantine. Sie aber will sich dort zu Bühnenarbeitern, Orchestermusikern, Chorsängern setzen. Sie glaubt, das sei so üblich, und will nicht glauben, als ich ihr sage, die Leiter blieben in der Probenzeit lieber unter sich. (Von jenen Maestros ganz zu schweigen, die auf Distanz Wert legen, um ihren Nimbus nicht zu gefährden. Genie, und was sich für ein solches hält, macht sich nicht gemein.)
Sie schaute mich ungläubig an.
Sagte: Kanzler sind auch keine Kumpel. Noch jeder große Vorsitzende ist für einen Einzelgänger gehalten worden, der keine Freunde hat, nur Gefolge. Ein Staatsmann muss rätselhaft bleiben. Ein Dirigent auch.
Du kennst dich aber aus, spottete sie.

Christina setzte sich tatsächlich zu den Leuten.
Über deinen Besuch würde ich mich rasend freuen, sweetheart. Aber dein eigenes Krisenmanagement hat natürlich Vorrang.
MP

P.S. Inzwischen ist die Sache mit dem falschen Taktstock aufgeklärt. Du wirst es nicht für möglich halten. Die »Tatwaffe« ist ein Geschenk Christinas! Nicht an mich, sondern an den verrückten Stein. Galt offenbar schon im Kanzleramt als Opernfreak. Der Stab ist Christinas Abschiedsgeschenk an ihn. Ihr Spott zum Rauswurf. Er muss das Ding bei einem ungebetenen Besuch im Dirigentenzimmer mit meinem Stab vertauscht haben. (Braucht er meinen als Fetisch?) Krank!
Oder bloß komisch? Ob man ihn auch dafür verklagen kann?

Das goldene Nachthemd. Höchste Zeit, es ihr zukommen zu lassen. In Wien hatte Stein es besorgt, nach Zürich, nach Paris hatte er es mit sich geführt, in Berlin war das Stück mit ihm ins Clipper City Home gezogen. In Augenblicken zorniger Verzweiflung hatte er daran gedacht, es in den Müll zu stopfen. Dann hatte er wieder mit dem Gedanken gespielt, sein Präsent in die Staatsoper zu schicken. In die Generalprobe hätte er es mitbringen können. Aber da wäre ihm nicht vergönnt gewesen, es persönlich, unter vier Augen, zu überreichen. Noch immer wäre er gerne dabei, wenn sie das Päckchen mit zitternden Händen öffnet. Darauf wird er wohl verzichten müssen. Diese Chance hat er versäumt.

Stein sinnt lange darüber nach, welche Worte das Päckchen begleiten sollen. Auf die Rückseite einer alten Visitenkarte notiert er: Meinem Rheingold mit den besten Wünschen zur Genesung. Toi toi toi. Keine Unterschrift.

Dann zerreißt er das Kärtchen mit dem Bundesadler darauf. Sein Präsent spricht für sich. Es benötigt weder Kommentar noch Absender.

Leilah, ma chérie,
weiß nicht, wie das alles enden soll. Die Hysterie hat nun auch mich erfasst. Die Generalprobe musste abgebrochen werden. Grund: Die schwarze Aktentasche, direkt zu meinen Füßen ans Podest gelehnt, schwarz und glänzend wie ein Steinway. Eine Tasche, wie sie Banker oder Diplomaten tragen. Im Orchestergraben hatte sie nichts zu suchen. Hatte sie selbst gar nicht bemerkt, ein Cellist machte mich aufmerksam. Bat einen der Notenwarte, die Tasche zu entfernen. Der weigerte sich. Orchestermitglieder verließen ihr Pult, um sich in Sicherheit zu bringen.
Generalproben sind praktisch öffentlich, das Haus also gefüllt mit Freunden, Verwandten, Kollegen etc. Die Beamten (ja, ich habe jetzt Bodyguards) legten mir nahe, das Haus räumen zu lassen. Einige hundert Leute verließen so geordnet den Saal, als hätten sie es eingeübt. Sinnlos, sich aufzuregen. Sollten die am »Tatort« eintreffenden Spezialisten meinetwegen die Tasche sprengen.
Fand dann aber, dass ich mich nicht zum Idioten machen lassen sollte. Bestand auf Fortsetzung der Generalprobe. Ließ

mich nicht daran hindern, den Orchestergraben erneut zu betreten. Dort stand die Tasche noch immer. Griff sie mir. (Jemand muss doch seinen Verstand beieinander halten.) Übrigens eine noble Marke, die Tasche (Louis Fontaine), nagelneu, nicht verschlossen. Das Geschrei meiner Bewacher, als ich sie öffnete. Zusammengeknülltes Zeitungspapier kam zum Vorschein. Arabische Schrift. Etwas darin eingewickelt. Da es nichts wog, keine Bedenken, es aus der Tasche zu nehmen.
Dann aber doch ein Mordsschock. Ein totes Tier: Frosch oder Kröte. Es war vorbei mit dem Heldenmut. Ließ alles fallen, stürzte hinaus. Eine unangemessene Reaktion, für die ich mich jetzt geniere. Es war ja zu sehen, dass es kein Sprengstoff ist, sondern eine Amphibie. Was soll das bedeuten? (Der sich selbst verzaubert habende Alberich! Haha! Als Kröte wird er gefangen und endgültig um den Ring gebracht. Ich Alberich?)
Das Publikum der Generalprobe: Hunderte von Verdächtigen. Bat die Beamten inständig darum, wieder alle hereinzulassen, damit wir endlich beginnen könnten. Die lehnten ab. GP wurde fortgesetzt, vor leerem Saal, aber wenigstens das.
Nach der GP (eine Katastrophe) sagte man mir, die Tasche zeige am Schloss das Emblem und die Aufschrift einer arabischen Kulturstiftung. Die Polizei ist davon überzeugt, es handle sich um eine ernstzunehmende Warnung. Penk denkt daran, die Premiere abzublasen. Er konferiert schon seit Stunden mit Sicherheitsleuten, mit dem Innensenator, mit wem weiß ich. SS ein Elendshäufchen, das sich schuldig fühlt.

Unter Polizeischutz ins Hotel. Alles kein Vergnügen (mit nur einem Auge!).
Kuss.
MP

P.S. Mir fällt gerade siedendheiß ein, dass mir gestern ein Päckchen ins Hotel zugestellt worden ist. Ohne Absender! Sehr leicht. Sehr verdächtig. Es liegt noch ungeöffnet herum. Sollte es wohl besser bei der Polizei abliefern.

Was nicht in der Zeitung steht, Stein sich aber von seinem Kontaktmann bestätigen lässt: In der Aktentasche wurde eine Visitenkarte des Kanzleramts gefunden. *Gertrud Gerlund, Büroleiterin des Bundeskanzlers.*

Er kann sich vorstellen, wie nun gerätselt wird. Der ganze Sicherheitsapparat in Alarmstimmung. Die Böckler wird informiert. Ihr Gesicht würde er gern sehen.

Noch sechsunddreißig Stunden bis zur Premiere. Stein wartet in der Halle des Hotel Adlon. Unter der grünen Glaskuppel plätschert der Elefantenbrunnen aus Ebenholz und Elfenbein. Stein fällt auf, dass nichts zusammenpasst. Oben auf der Galerie die schmiedeeisernen Geländer, unten die neobarocke Brüstung aus weißem Marmor, Lampen aus chinesischen Vasen neben gusseisernen Blumenkübeln, dazu die Ansammlung brauner Sessel, überwiegend belegt von Teilen der Delegation eines afrikanischen Potentaten. Ein Mischmasch aus munterer

Geschäftigkeit und der verstaubten Illusion von Luxus aus Tagen kolonialer Großmachtsträume. Stein ist entschlossen, so lange sitzen zu bleiben, bis Maria herunterkommt.

Es erscheint jedoch zunächst Scheherazade. Trotz trüben Wetters trägt sie eine Sonnenbrille zur Lammfelljacke; über den Kragen flutet die dunkle Fülle ihres Haars. Stein hat sie erst einmal für wenige Sekunden gesehen, in Zürich, im Regen, auf den Stufen vor dem Hotel, erkennt sie aber sofort.

Mein Name ist Stein.

Auch sie zögert keine Sekunde. Sie weiß, mit wem sie es zu tun hat.

Sie also sind Stein.

Sie wissen, wer ich bin?

MP hat mir alles berichtet.

Alles?

Glauben Sie bitte nicht, ich sei eifersüchtig. Ich versichere Ihnen, dass dazu keine Veranlassung besteht.

Stein spürt Enttäuschung. Er hätte ihr lieber Anlass gegeben, sich zu sorgen. Er ahnt, wie Maria über ihn geredet hat.

Glauben Sie nicht alles, was über mich erzählt wird!, sagt er.

Wäre Leilah von oben bis unten in schwarze Baumwolle gehüllt und von ihr nur das züchtig gerahmte, doch akkurat und kräftig geschminkte Gesicht zu sehen, sie wäre noch immer unbeschreiblich schön. Das beruhigt ihn. Er hat noch Augen im Kopf.

Es wäre mir ein Vergnügen, Sie zu einer Tasse Kaffee einzuladen, sagt sie.

Das könne er nicht zulassen, sagt er.

Sie schlägt das Starbucks gegenüber vor.

Kommen Sie!

Sie verlassen das Hotel, überqueren den Platz, finden im Café sogar zwei freie Sessel mit Blick auf das Brandenburger Tor. Stein stellt sich an der Theke in eine Reihe von Touristen. Zurück am Tisch, redet sie nicht lange darum herum.

Sie also sind Marias großer Bewunderer. Dann sagen Sie mir eins: Wer stellt ihr nach? Und warum? Ist sie wirklich in Gefahr, oder glaubt sie es nur?

Ich mache mir Sorgen um sie, sagt Stein. Mein Land scheint nicht in der Lage zu sein, sie hinreichend zu beschützen. Leider verstehe ich von diesen Dingen mehr als von Musik. Ich bot ihr meine Hilfe an. Das ist alles.

Leilah lacht laut auf.

Stein stellt sich vor, wie Maria und sie einander lachend entzünden.

Ihre Hilfe scheint Maria aber mächtig zuzusetzen, sagt Leilah. Oder ihr väterlicher Charme. Oder was weiß ich.

Ihr Lächeln ist noch immer entwaffnend.

Da sie sich allerhöchster Protektion erfreut, scheint sie meine Fürsorge nicht mehr zu benötigen, sagt Stein. Es klingt spitz, und das soll es.

Leilah sieht ihn an, als müsse noch etwas kommen. Das Gutelaunelächeln ist verschwunden.

Christinas Fürsorglichkeit wäre jetzt ein Thema. Stein könnte es ihr ausmalen. Aber er tut es nicht.

Er sagt: Hätte ich Sie nur früher kennengelernt; die Geschichte wäre anders verlaufen.

Wie meinen Sie das?

Stein verzichtet darauf, es ihr zu erklären. Vermutlich hätte er nicht gewagt, mit der orientalischen Schönheit um Marias Gunst zu konkurrieren.

Sie sind ebenfalls Musikerin?

Es wäre unerträglich für uns beide, sagt sie. Was ist Christina Böckler für eine Frau?

Das weiß sie nicht? Hat Maria wirklich verschwiegen, wie mächtig sie von Christina beeindruckt ist?

Ich weiß, was sie ist. Aber nicht wer, sagt Leilah.

Sie ist die einzige Frau in meinem Leben, der ich nicht gewachsen bin, sagt Stein. Reicht Ihnen das?

Die Einzige? Dann haben Sie Glück gehabt. Aber jetzt machen Sie mich neugierig.

Er hat nicht die Absicht, deutlicher zu werden. Und warum sollte er Leilah wehtun.

Interessiert sie sich tatsächlich so sehr für die Oper?

Auf der Zunge liegt ihm: Offensichtlich mehr als für Männer.

Offensichtlich, sagt er.

Was beeindruckt Sie an ihr am meisten?

Mit ähnlichen Fragen fing auch Maria an. Als Böckler-Experte war er gefragt.

Ihre Gefräßigkeit ist großartig, sagt Stein. Sie will alles wissen. Sie lässt nicht nach, bis sie es weiß.

Ich bin genauso. Sie wissen, was ich wissen will. Ich lasse auch nicht nach, bis ich es weiß. Was findet Maria an Christina so berauschend?

Berauschend? So weit würde er nicht gehen. Stein zuckt mit den Schultern.

Eine gewisse Seelenverwandtschaft ist nicht auszuschließen, sagt er. Ist Maria nicht auch eine Art Machthaberin?

Glauben Sie!

Ist nur so ein Gedanke.

Stein wechselt besser das Thema. Wo Leilah zu Hause sei, will er wissen.

Unterwegs, sagt sie. Überwiegend in Zürich und London.

Ihre Mutter stamme aus Jordanien, ihr Vater lebe in Doha am Persischen Golf. Kennen Sie Doha?

Beruflich sei er einmal dort gewesen, sagt Stein. Leilah – die Dunkle, die Nächtliche.

Sie wissen aber Bescheid, sagt sie.

Er wüsste gern noch mehr.

Wer sind Sie, Leilah?

Soll ich einen Fragebogen ausfüllen? Leibspeise, Lieblingsblume, Charakterstärken, Charakterschwächen? Was mich auf die Palme bringt und was wieder runter? Meine Vorstellungen von Luxus, von Glück, von Schönheit? Wie mir das Sterben am liebsten wäre?

Sie sind gläubige Muslimin?

Sie gläubiger Christ?

Vom Glauben ist mir nicht viel mehr geblieben als die

Musik, sagt Stein. Falls das noch Glauben ist. Also: Woran glauben Sie?

An mich selbst.

Das will er gern glauben.

Ich glaube an die Liebe, sagt Stein, ohne mit der Wimper zu zucken. Am Ende des Lebens zählen die Lieben, auch die vergangenen. Oft sehen Sie Maria aber nicht in letzter Zeit?

Nicht so oft wie Sie. In letzter Zeit.

Wenn es nur so wäre.

Dennoch behauptet Stein: Ich sehe sie beinahe jeden Tag in der Probe.

Es muss sich für Leilah anhören, als wolle er sich damit brüsten.

Sie fragt, ob er in der Oper auch der Kanzlerin begegnet sei.

Ich werde es mir nie verzeihen, dass ich sie miteinander bekannt gemacht habe, sagt Stein.

Aber weshalb denn? Sie scheinen ein ernsthaftes Problem mit Frau Böckler zu haben.

Nehmen Sie die Dame bitte nicht auf die leichte Schulter, sagt er. Sie liebt es, Menschen zu verschlingen.

Ich bin schon sehr gespannt darauf, sie kennenzulernen, sagt Leilah.

Da wäre Stein gern dabei.

Was halten Sie eigentlich von Allah in Walhall?, fragt er sie.

Allah kann es so gut ertragen wie Wotan.

Keine Angst vor den Islamisten?

Ihre einzige Waffe ist eure Angst, sagt Leilah.

Da könnte sie recht haben.

Und nun entschuldigen Sie mich, sagt sie, ich habe noch etwas zu besorgen.

So hätte auch Maria das Gespräch beenden können.

Abermals hat Stein Stellung in der Halle des Adlon bezogen. Er kann da stundenlang sitzen. Ab und zu kommt eine Bedienung und fragt nach seinen Wünschen. Ein Clubsandwich wird ihm serviert. In gespaltene Holzstäbchen geklemmte Oliven, Silberzwiebeln und kross gebratene Speckscheiben überragen wie Hoheitszeichen einer seltsamen Armee die Stapel aus Toastscheiben und allem anderen, was überall auf der Welt zu einem Clubsandwich gehört.

Nach einer knappen Stunde ist Leilah zurück. Sie hat die Halle kaum betreten, als zwei Männer sie in die Mitte nehmen, sich bei ihr links und rechts einhaken, und noch ehe sie ihrer Empörung Luft machen kann, hinausführen. Stein ist sofort hinterher, kann aber nur noch beobachten, wie Leilah in einen dunklen Wagen geschoben wird, der sich auch schon in Bewegung setzt. Es entgeht ihm nicht, dass zwei weitere Männer ihm auf den Fersen sind. Sie halten Abstand. Als Stein sich umdreht, um zurück in die Halle zu gehen, tun sie es auch.

Kaum zwanzig Minuten später verlässt Maria das Adlon so zügig, dass er sie nicht mehr aufhalten kann. Von ihrer Verletzung am Auge ist nichts zu sehen, sie trägt eine Sonnenbrille mit handtellergroßen Gläsern und ist in Begleitung des Mannes, der ihm seit Paris bekannt ist.

Stein versucht telefonisch, Aufschluss zu erhalten. Sein Kontakt im Sicherheitsapparat bleibt diesmal stumm. Auch Penks Nummer ist besetzt. Er gibt die Hoffnung beinahe schon auf, als doch noch jemand abnimmt. Er telefoniere, behauptet Penks Assistentin, fügt dann aber sofort hinzu: Moment. Ich stelle durch.

Ohne eine Silbe der Begrüßung sagt Penk: MP hat gerade hingeschmissen. Eine Katastrophe. Er schnappt nach Luft. Wissen Ihre Leute, was sie da angerichtet haben?

Es sind nicht meine Leute, sagt Stein.

Herr Stein, ich flehe Sie an! Was können wir tun?

Nichts, sagt Stein.

Aber jemand tut etwas. Stein kann sich schon denken, wer es ist. Er muss keine weitere halbe Stunde warten, um zu beobachten, wie alle drei wieder hereinspazieren, Leilah, in die Mitte genommen von Maria und ihrem Begleiter. Stein blickt sich um. Die Leute, die ihn observieren, scheinen sich aus dem Staub gemacht zu haben. Vielleicht sind sie jetzt damit beschäftigt, Premierenkarten aufzutreiben. Stein zweifelt nicht mehr daran, dass das Rheingold stattfindet, mit Maria am Pult.

Zur Entspannung ist Gin das probate Mittel. Stein verlässt den braunen Sessel, zieht wenige Schritte weiter, drei Stufen hinauf an die Bar. Schon nach dem dritten oder vierten

Glas tritt er auf, der Mann aus Paris. Er setzt sich an den Tresen, Stein zögert nicht, neben ihm Platz zu nehmen.

Operation Walküre, sagt er.

Verstehe, sagt der Mann, ohne aufzublicken: Im Herbst blühen die Rosen so schön wie im Sommer.

Was verstehen Sie schon von Rosen?

Der Mann: So geht das Spiel nicht. Sie müssten jetzt antworten: Aber wenn die Blätter fallen, wird es auch für Rosen eng. Oder einen anderen Quatsch dieser Art.

Sie kennen sich aus mit Quatsch. Maria Benssons Manager?

Ihr Agent. George Starsky.

Er reicht Stein die Hand.

Stein, Jakob Stein.

Und für was haben Sie die Lizenz?

Zum Quatschmachen, Sie haben es gleich erkannt.

Woher kennen Sie MP? fragt der Agent.

Der hat wirklich keine Ahnung.

Er kenne sie aus Paris, sagt Stein. Nach dem Bruckner hätten sie sich zum ersten Mal in ihrer Garderobe gesehen, sich dann gelegentlich getroffen, in Mailand, in Wien, danach häufiger in Berlin.

Er lädt George zu einem Drink ein. George hat nichts gegen den Drink, stellt aber lieber Fragen, als welche zu beantworten.

Sie also sind der Politiker!

Ich bin kein Politiker.

MP sagt immer *mein Politiker.* Der Minister, der sie nicht in Ruhe lässt.

Wenn George es nicht anders haben will, ist er eben ihr Politiker. Stein widerspricht nicht.

Operation Walküre, sagt er noch einmal.

Was ist das für ein Unsinn?

Marias Strategie, Musikchefin der Lindenoper zu werden. Wir schaffen es.

Ich würde es ihr nicht raten, sagt George. In zehn Jahren vielleicht können wir darüber reden. Bis dahin denkt van Bloomweghe sowieso nicht daran, die Stellung zu räumen.

Sind Sie sich ganz sicher?

Ich bin auch sein Agent. Aber diese Dinge gehen Sie wirklich nichts an.

Hat Leilah sich von dem Schreck erholt?

Wovon sprechen Sie?

Jemand hatte sie weggebracht. Vermutlich weil sie Muslimin ist und im Verdacht stand, etwas mit den Vorfällen an der Lindenoper zu tun zu haben.

Was Sie alles wissen!

Sie kam schnell wieder frei.

George hält sich eine Hand vor die Augen und stöhnt.

MP hat getobt, sagt Stein. Wäre Leilah nicht sofort auf freien Fuß gesetzt worden, hätte sie das Rheingold hingeworfen. Ist es nicht so gewesen?

Sie erwarten nicht, dass ich diesen Unsinn kommentiere.

Kommen Sie! Ich bin Politiker. Ich weiß, wie so etwas läuft.

Dann erklären Sie es mir. Ich begreife nichts.

Ganz einfach: Jemand macht sich Sorgen um Maria, sagt Stein.

Deshalb wurde ihre Freundin verhaftet? Wie absurd!

Festgenommen, überprüft. Leilah kam nur irrtümlich ins Visier von Marias Beschützern.

Ich glaube eher, jemand hat den Verstand verloren, sagt George.

Davon müssen wir sowieso ausgehen, sagt Stein.

Ein Skandal, der Folgen haben wird, sagt George.

Woran denken Sie?

George fasst sich an den Nasenrücken, eine Geste der Ahnungslosigkeit.

Sie sollten sie beruhigen, rät Stein. Auf Rheingold folgen Walküre, Siegfried und am Ende die Götterdämmerung. Auch Penks Regime wird zu Ende gehen.

Was Sie alles wissen!

Maria und ich haben keine Geheimnisse.

Hören Sie schon auf, sagt George, sie hat dauernd irgendwelche Geheimnisse, echte und eingebildete. Wie alle Künstler.

So ein Agent kümmert sich vermutlich auch um den Nachschub von Geheimnissen und Gerüchten und um all die Zutaten, aus denen ihre Neurosen und Illusionen sind, sagt Stein.

Entzaubern Sie bitte nicht mein Geschäftsmodell, sagt George.

Was die Kunst angeht, habe auch ich in den letzten Tagen manche Illusionen verloren, sagt Stein. Kunst ist ungefähr so göttlich wie Wotan vernünftig.

Sie müssen nur daran glauben, sagt George. Trinken Sie ruhig noch ein Glas. Ich verschwinde ins Bett, morgen ist MPs großer Tag.

Sie wird scheitern, ruft Stein ihm nach. Diesmal wird sie scheitern.

Als eine Art Abendessen leert Stein noch eine Etagere mit gesalzenen Mandeln, Chips und scharfen, grünen Wasabikräckern. Auch zwei Gläser Gin werden ihm noch gewährt. Inzwischen ist er der letzte Gast; der Barkeeper säubert bereits seine Gerätschaften.

Westwind bläst und schiebt Stein den Lindenkorso hinab. Zur Oper schleppen ihn die schwachen Beine, einige hundert Meter bloß, die aber kein Ende nehmen wollen, vorbei an der verlorenen Pracht der russischen Botschaft, am hässlichen Aeroflot-Gebäude, an der noch hässlicheren Komischen Oper, vorbei am an Hässlichkeit nicht mehr zu überbietenden Westin Grand, schäbige Hinterlassenschaften einer schäbigen Zeit. An der Ecke Friedrichstraße, wo es ins Cookies hinabgeht, lungern betrunkene junge Leute herum. Stein ist auch betrunken.

Er will in die Oper. Weiter also. Die Humboldt-Universität, das Reiterstandbild Friedrichs, der Bebelplatz. Stein überquert ihn. Erschlagen, aber nicht zur Ruhe gekommen, umrundet er die Lindenoper, wie er am hellen Tag die Scala in Mailand umrundet hat, ein nächtlicher Pilger, endlich am Ziel. Die Türen sind verschlossen. Von keiner Wache daran gehindert, rüttelt er an einer verschlossenen Tür nach der anderen. Er stellt sich vor, wie Flammen aus dem Dach schlagen und den menschenleeren Bebelplatz und die umliegenden Gebäude in flackerndes rotes Licht tauchen, wie von Turner aquarelliert. Rechts und links vom Hauptportal des Opernhauses führen Freitreppen hinauf zu einem schmalen Portikus. Hinter sechs korinthischen Säulen thronen in ihren Nischen Aristophanes, Sophokles, Euripides und Menander. Die Tür in der Mitte, die zum Apollosaal führt, ist ebenfalls verschlossen. Stein setzt sich zu Menander.

Was ist noch zu tun, wenn das Ende des Liedes erreicht ist? Nach Hause gehen? Es gibt kein Zurück, und ein Zuhause gibt es auch nicht mehr für ihn, nicht in Ravensburg, nicht in Berlin. Stein wird herumziehen von einer Premiere zur anderen, der nächsten Schimäre nach, die vielleicht das Gesicht einer Mezzosopranistin trägt. Es würde wieder nicht gutgehen. Deshalb darf er nicht aufgeben. Maria ist unersetzlich. Sie oder nichts. Nichts wäre das Ende. Den Tod holt er sich hier sowieso, Ende Oktober ist mit den Nächten nicht mehr zu spaßen. Er schläft ein wie ein Penner.

Der Opernpenner weiß nicht, wie lange er geschlafen hat. Noch ist es dunkel. Wieder die Linden hinauf, westwärts, Schritt für Schritt, diesmal gegen den Wind. Als Stein endlich den Pariser Platz erreicht, dämmert es. Es fehlt nicht an bewaffneten Kräften, die Botschaften bewachen, die französische, die amerikanische, die britische, auch vor dem Adlon stehen Männer in dicken Mänteln. Sie lassen ihn ein, er scheint noch nicht ramponiert genug auszusehen. In den Frühstückssälen brennt bereits Licht. Er ist der Letzte in der Bar gewesen, jetzt ist er der Erste dort. Weißer Damast auf den Tischen, Blumen, silbernes Besteck, der Geruch von frischem Kaffee, ausgeschlafene Kellnerinnen, die ihm nicht zumuten, übermüdet um ein Buffet herumzutapsen.

Zwei weiche Eier lässt er sich servieren, Pancakes mit Ahornsirup, frisch gepresssten, bittersüßen Grapefruitsaft. Dazu der Tagesspiegel. Auf den Politikseiten nichts, was auf eine Verschärfung der Situation schließen ließe. Im Lokalteil informiert ein knapper Zweispalter über den Fortgang der Ermittlungen. Die Tasche ist identifiziert, ein Gastgeschenk an mehrere hundert Teilnehmer eines arabisch-deutschen Kongresses in Doha vor etlichen Jahren, Künstler, Gelehrte, Politiker, darunter auch eine noch junge, tüchtige, viel versprechende Abgeordnete. Stein erinnert sich lebhaft an diese Tage am Golf, besonders an den nächtlichen Spaziergang mit Christina in der Wüste nach einem Gelage unter freiem Himmel. Erstaunlich kühl war die Nacht gewesen, und sie hatten sich beide in den braunen Umhang mit der goldenen Borte gehüllt, den sie geschenkt bekommen hatten, die Männer ebenso wie die Frauen. Der Mond war wie eine Gondel über sie hinweggeglitten, doch für die romantische Stimmung hatte Christina überhaupt keinen Sinn gehabt. Stein hatte sich bemüht, ihr Verhalten nicht als Zurückweisung zu empfinden. Er hatte es darauf angelegt, ihr näherzukommen. Einen Versuch war es wert gewesen.

Nach dem Frühstück nimmt Stein erneut seinen Platz in der Halle ein, besorgt sich beim Concierge einen Satz überregionaler Tageszeitungen, blättert ihn durch, wie er es sich vor Jahrzehnten angewöhnt und es sich auch nach seinem Sturz nicht abgewöhnt hat. Er liest gründlicher als früher, obwohl es ihm öde und überflüssig vorkommt, was er da liest. Die Zeitungen berichten aus einer Welt, die er nicht mehr kennt. Er sitzt so, dass er Maria nicht übersehen kann, wenn sie aus dem Aufzug kommt. Es ist mittlerweile zehn, und sie ist immer noch nicht zum Frühstück erschienen, könnte es sich aufs Zimmer bestellt haben. Stein bittet um ein Blatt Papier.

Meine Gedanken sind bei dir, und nicht nur meine Gedanken, schreibt er. Wünscht Glück und empfiehlt Wachsamkeit.

Und: Ich bin ganz in deiner Nähe.

Die Botschaft übergibt er einem Pagen, beschleunigt die Beförderung mit einem Fünf-Euro-Schein und wartet. Wartet fast eine weitere Stunde lang, bis er sich gezwungen sieht, eine zweite Botschaft versandfertig zu machen. Leider werde der Fall von den Berliner Behörden noch immer nicht ernst genug genommen. Es gebe Verbindungen der Täter in die Golfstaaten, so bestätigten zuverlässige Quellen. Penk sei ein Sicherheitsrisiko und nehme lieber einen Anschlag in Kauf, als für ein Weichei gehalten zu werden.

Eine weitere Karte schreibt er an Franz. Der kann ihm jetzt nicht mehr helfen, aber es ist gut, den Freund zu haben. Sie haben seit dem Treffen in Berlin nicht mehr miteinander telefoniert.

Lieber Franz, die Dinge sind geklärt, sie nehmen ihren Lauf. Operation Walküre nun also ohne mich. MP wird sich heute Abend vor Christina verbeugen und auch vor mir. Ein Triumph wird es nicht. Sie hat, glaube ich, das Stück nicht begriffen, kann es nicht begreifen. Ich mache mich auf den Weg. Danke für die Freundschaft.

Auf Marias Antwort muss er diesmal nicht lange warten. Sie besteht aus seiner eigenen Post, deren Annahme sie verweigert hat. Zurückexpediert von einem Hotelmanager, der Stein leise, aber bestimmt bittet, das Haus zu verlassen, und von Konsequenzen spricht, die entstünden, sollte Stein nicht Folge leisten.

Demütigungen dieser Art können ihn nicht entmutigen. Er verlässt das Adlon, biegt rechts in die, der gefährdeten britischen Botschaft wegen, für den Autoverkehr gesperrte Wilhelmstraße ein, wendet sich an der nächsten Ecke erneut nach rechts in die Behrenstraße und will das Hotel Adlon durch den rückwärtigen Eingang wieder betreten. Der ist verschlossen, doch ein Gast öffnet ihm mit seiner Codekarte und lässt ihn mit hinein.

Stein fällt niemandem auf. Er nimmt den Lift in den ersten Stock und behält die Halle von der umlaufenden Galerie herab im Auge. Allerdings nickt er in einem Sessel bald wieder ein, schreckt irgendwann auf und weiß, dass er sich schonen muss, soll die Premiere nicht ohne ihn stattfinden. Es bleiben wenige Stunden. Er verbringt sie in seinem Zimmer im Clipper City Home.

Die Stille ist unerträglich, aber es gibt ein Mittel dagegen. *Aunque tú has muerto mis ilusiones.* Stein weint keine *lágrimas negras*, doch zittert er nun am ganzen Körper, selbst unter der Daunendecke.

Maria wird scheitern. Diesmal wird sie scheitern.

Vor der Lindenoper haben sich Gegendemonstranten aufgebaut, eine Handvoll, immerhin. »Freiheit für die Kunst« steht auf einem Transparent. Ein anderes Häuflein Frauen und Männer hält ebenso stumm wie empört zwei Schilder in den Händen. »Gotteslästerung« prangert das eine an, »Christen für Allah« fordert das andere. Ungewöhnliches Gedränge herrscht vor dem Eingang, weil jeder, der die Oper betreten will, einen Metalldetektor passieren muss. Stein beobachtet, wie einem Scheich die Prozedur erlassen wird. Er vermutet, Penk habe die Botschafter arabischer Länder als Ehrengäste zur Premiere geladen.

Stein zeigt seine Eintrittskarte vor, es ist das Geburtstagsgeschenk seines Sohnes. Vor dem Detektor in der Schlange zu stehen fällt ihm schwer, kann er sich doch vor Erschöpfung kaum noch auf den Beinen halten.

Haben Sie nicht Hausverbot? Es ist Roeder. Stein tut so, als nehme er den gar nicht zur Kenntnis, macht vielmehr ein paar Schritte auf Schielin zu, der wiederum alles unternimmt, ihn zu übersehen. So unerschrocken wie besorgt wendet dagegen Claudine von Eiffel sich ihm zu.

Geht es Ihnen nicht gut, Herr Stein?

Sieht wohl danach aus, sagt er.

Näher will sie auf seine erbarmungswürdige Erscheinung aber nicht eingehen.

Jetzt sind wir gespannt, sagt sie und widmet bereits ihre Aufmerksamkeit anderen.

Leilah spricht ihn an. Die Kanzlerin hat abgesagt. Irgendeine Krisensitzung. Maria ist am Boden zerstört.

Geht es Ihnen nicht gut?

Doch, doch, es geht schon.

George, der Leilah begleitet, wird ihr bestimmt gleich erklären, dass der Abend an der Adlon-Bar sichtbare Spuren verursacht habe.

Stein ist es nicht nach Smalltalk. Neben allen anderen Schmerzen, besonders in der Brust, quält ihn Durst, rasender Durst, doch würde es seine Kräfte überfordern, nach dem Warten vor dem Detektor auch noch an der Getränketheke im Foyer anzustehen.

Er entdeckt Schlapphut Schöller, der sich Mühe gibt, niemanden zu übersehen, von dem er nicht übersehen werden will. Zu diesem Personenkreis zählt Stein wahrscheinlich nicht mehr. Es ist beruhigend, dass der Koordinator der Dienste weiß, wo er an diesem Abend zu sein hat.

Stein will nur noch schnell an seinen Platz, aber ein Pulk von Leuten drängt ihn ab. An den Stufen hinauf zum Saal strauchelt er, fällt auf die Knie. Jemand hilft ihm auf. Inmitten einer großen Menge hat er sich noch nie so isoliert gefühlt.

Endlich am Ziel, eine der mittleren Reihen im Parkett. Er nimmt nicht einmal diejenigen wahr, die unmittelbar neben und vor ihm sitzen. Da ist eine Art Taubheit, die seinen Körper befällt. Kein Zittern mehr, aber ein hochfrequentes Vibrieren tief im Inneren. Er hält es für Nervosität, mächtiger als alles, was Maria gerade plagen kann. In seiner Verfassung wäre sie nicht mehr in der Lage, ans Pult zu treten.

Solch elende Schwäche hat er an sich noch nicht erlebt. Während der letzten Tage, in der vergangenen Nacht, hat er seinem Körper zweifellos mehr zugemutet, als ein Mann seines Alters verkraften kann. Schwindel kommt hinzu. Es will ihm vorkommen, als schwanke er wieder auf der Brüstung über der Wilhelmstraße. Aber diesmal ist niemand da, ihn aufzufangen. Im Stürzen kennt er sich aus. Man kann gestürzt werden, für den Aufprall ist man selbst verantwortlich. Er blickt sich um, in der Mittelloge klafft tatsächlich eine Lücke, Folge einer »Krisensitzung«.

Die Lichter verglimmen. Maria tritt mit roter Augenklappe auf. Imperiales Rot. Eine blutende Wunde. Demonstrativer Beifall. Ohne jede Vorrede hebt sie den Stab, Steins Stab, und gibt den acht Kontrabassisten den Einsatz. *Auf dem Grunde des Rheins.* Der lang anhaltende Ton. Im fünften Takt kommen die zwei Fagotte und das Kontrafagott hinzu. Sechzehn Takte lang nichts als ein gleichmäßiger Klang in Es-Dur. Es ist der Urzustand der Welt.

Aber der Zauber will sich in Stein nicht wieder einstellen. Je länger das Rheingold tönt, desto matter hört es sich an, schal und uninspiriert. Kein Horn kiekst, keine

Rheintochter patzt, doch Maria bekommt das Werk nicht ins Schweben. Wenn Oper brillant aufgeführt wird, erzeugt sie einen unwiderstehlichen Sog. Jetzt plätschert das Stück nur dahin. Stein liegt wie ein Felsbrocken auf dem Grund des Rheins.

Maria ist gewiss intelligent genug, zu spüren, dass das Außergewöhnliche nicht glückt. Sie wird die Aufführung mit aller ihr zur Verfügung stehenden Routine bewältigen, aber nichts daran wird unvergesslich bleiben. Wenn überhaupt etwas übrig bleibt von diesem Abend, dann ist es die Regie. Sie beschäftigt das Publikum. SS weiß eben, was er zeigen will, Maria weiß nur, was sie nicht will. Es soll nicht nach Jonas klingen, nicht deutsch, schon gar nicht furtwänglerisch. Aber nicht Furtwängler sein zu wollen macht aus einem Dirigenten noch keinen Toscanini. Die Kunst bestünde darin, den Klang an den Rand des Möglichen zu treiben. Aber Maria riskiert nichts. Es klingt jetzt so, als ließe etwas in ihr das nie zuvor Gehörte, das Unerhörte nicht zu. Ihr Rheingold klingt lau.

Aber im Lauen erkennt Stein Maria, erkennt sie genauer als jemals zuvor.

Nach der ersten Verwandlung, wenn aus den Nebeln die *Burg mit blinkenden Zinnen* in Gestalt einer Ölraffinerie auftaucht, schon wieder demonstrativer Beifall, in den sich allerdings der Szene geltende Buh-Rufe mischen. Fricka Zwo darf schon in der Premiere für die indisponierte Fricka I einspringen. Im Leben gelingt ihr kein einziger Satz so, dass Stein ihn ernst nehmen könnte, auf der

Bühne aber spielt Hiltrud nicht Fricka, sondern ist Fricka, die vor Matronenhaftigkeit berstende Scheichsgemahlin. *Wotan, Gemahl! Erwache!*

Stein hat Maria im zweiten, dem von ihr nicht angenommenen Brief aus der Halle des Adlon, vorausgesagt, was geschehen werde. Sie werde vor Angst versagen, hat er ihr prophezeit. Das ist jetzt zu erleben. Sie hält dem Druck nicht Stand, wirkt nicht nur am Auge getroffen.

Stein ist gekommen, um sie scheitern zu hören, um ihre Götterdämmerung nicht zu versäumen. Der Drohbrief, die Kröte in der Aktentasche haben ihre Wirkung nicht verfehlt.

Nur dieses eine Mal soll sie scheitern. Danach wird er dafür sorgen, dass sie aus der Niederlage die richtigen Schlüsse zieht. In der Kunst sind Triumphe ohne Stürze gar nicht möglich. Wahre Kunst ist aus Niederlagen gemacht. Das ist der Unterschied zur Politik. Christinas Kanzlerschaft wird mit einem Sturz enden, Marias endgültiger Durchbruch mit dieser Niederlage beginnen. Nirgends steht geschrieben, dass sie auf dem Weg zur Unsterblichkeit Generalmusikdirektorin Unter den Linden werden muss. Sie wird sich durchsetzen, sobald sie einsieht, dass es nicht genügt, sich durchzubeißen. Jeder wahre Triumph ist mehr als ein Sieg über jemanden.

Immer wieder fallen Stein die Augen zu. Zweieinhalb Stunden nur dauert die Aufführung, aber ohne Pause. Endet eine Szene, folgt sofort ein Orchesterzwischenspiel zur Verwandlung der Bühne. Es gibt längere Opern, aber so weit er weiß keine, in der zweieinhalb Stunden lang ununterbrochen musiziert würde. Stein spürt seinen Körper anschwellen, es ist unerträglich heiß, so heiß, dass es ihm den Atem nimmt. Er lockert die Krawatte.

Geht es Ihnen nicht gut?

Das besorgte Flüstern der Frau rechts von ihm.

Doch, doch, murmelt Stein.

Er hat nichts getrunken, nichts außer Alkohol, zu wenig geschlafen, und nun steigt das Fieber. Er würde aufgeben, ginge es nicht um Maria.

Ihre Götterdämmerung werde schon in Rheingold stattfinden, hatte er ihr geschrieben. *Abendlich strahlt der Sonne Auge, in prächtiger Glut prangt glänzend die Burg.* Als hätte SS Steins Prophezeiung bereits berücksichtigt, lässt er die vierte Szene, anders als von Wagner vorgesehen, in tiefer Nacht spielen. Die Ölförderanlagen, das labyrinthische Röhrenwerk in rotem Feuerschein, Schlote speien Flammen aus. Alles ist Vorahnung. Loge: *Zur leckenden Lohe mich wieder zu wandeln spür ich lockende Lust.* Die Götter schreiten ins Verderben. Dazu reicht Maria fette Katastrophenfilmmusiksauce. Das hat Stein schon entfesselter gehört – und mit eigenen Augen gesehen, in ihrer mit blauen und roten Warnsignalen übersäten Partitur.

Was er allerdings hört, kommt nicht mehr aus dem Orchestergraben, kommt aus ihm selbst. Fahle Katastrophenmusik, stoßweise. Er sinkt nach vorn. Die Frau neben ihm berührt ihn besorgt.

Wach bleiben, befiehlt sich Stein. Gleich das Ende. Der Beifall.

Was in seinen Ohren dröhnt, könnte Beifall sein.

Danksagung

Diesen Roman hätte ich nicht schreiben können ohne die Hilfe von Philippe Jordan, Chefdirigent der Oper in Paris, der mir die Rheingold-Partitur verständnisvoll erklärte, ohne Daniel Barenboim, der mir ermöglichte, den Ring auch hinter der Bühne und im Orchestergraben zu erleben. Und Hannah Friedrich danke ich dafür, mir einige weibliche Aspekte dieses »Männerberufs« nähergebracht zu haben.

Die Personen dieser Geschichte sind frei erfunden. Ähnlichkeiten mit wahren Personen und Begebenheiten sind unvermeidlich.